愛に目覚めた怜悧な副社長は、初心な契約妻を甘く蕩かして離さない

m a r m a l a d e b u n k o

マーマレード文庫

目次

愛に目覚めた怜悧な副社長は、初心な契約妻を甘く蕩かして離さない

プロローグ

上之園椿《かみのそのつばき》は、泥のなかで静かに息を潜めて生きてきた。

旧華族、上之園家とは、椿にとって、もがいても足掻《あが》いても決して這《は》い上がることのできない泥の沼の名前だった。

日本を代表する三大メガバンクのひとつ、上之園銀行頭取を父に持つ、三姉妹の末っ子。

姉二人のように目を奪われる華やかさや、頭ひとつ秀でたものもなく、いつもその後ろで一歩引いて立っているような大人しい女の子。それが皆が持っていた、椿へのイメージだ。

〝上之園三姉妹〟と呼ばれるだけの器量を持ち合わせてはいた。しかし姉たちの側《そば》では、控えめに見えたのだろう。

陶器のような白く滑らかな肌も、長い前髪に隠された、思わず魅入ってしまいそうな潤む瞳も、姉たちの隣では陰になっていた。

――上之園の末の娘は、平凡で面白味がない。

椿は、そんなことを軽率に口にする一族の人間を喜ばせる為に生きている訳ではない。

腹が立つこともあったが、言い返したりなどして事が荒立つのは避けたかった。

ここでは、誰よりも飛び抜けた何かを持たぬ者は、それだけでおちこぼれ扱いだ。

椿は自分を『上之園のおちこぼれ』と呼ぶ父の呆《あき》れた顔を見たくなかったし、その度にすかさずフォローに入ってくれる姉たちには、申し訳ないと思っていた。

椿は軽率に自分を蔑《さげす》む発言をする一族を相手に、口をつぐみ目を伏せ、小さく申し訳なさそうに微笑む。

椿を傷つける言葉を吐いた人間はその様子にわずかな罪悪感を抱くのか、そそくさと話題を変えた。

それが、泥の沼のなかで生きる上之園椿の処世術だった。

裕福で華やか、現代でも政財界の中心に君臨する上之園の一族。

何よりも家名や才能に固執する怪物。椿の存在を否定しながら自由を与えず搦《から》め捕る脅威。

『おちこぼれでも、多少の利用価値はある』

大学を卒業し、言われるままに上之園銀行へ入行した。

そうしてすぐ父に婚約者を決められるが、相手の一方的な理由でそれは取りやめにされてしまう。

つまらない女だから。とある政治家の次男は、そう言っていとも簡単に椿との婚約を一方的に破棄したのだ。

上之園家は表立って相手方に抗議などはしなかった。

そんなことになってもなお、付き合いを続けるメリットがあったのだろう。

行き場のない負の感情は、全て椿へと向けられた。

茫然《ぼうぜん》自失の椿を父は罵《のの》り、家からも在籍していた上之園銀行からも追い出した。

上之園家の名に泥を塗った。

顔を見るだけで腹が立つ。

あんなボンクラを引き留めておけないお前が悪いが、まだ後妻としてなら引き取ってくれる有力者がいるかもしれない。

その時まで大人しくしていろと、目の届く親類の商社に入れられた。

そこで、自分に気軽に話し掛けてくれる女子社員の友人が初めてできた。

彼女のアドバイスで、戸惑いながらも長い前髪に自らハサミを入れた。

この長い前髪は、椿が自分を守る為の盾だ。

父の顔も、一族の人間の顔もあまり見なくて済むようにと、ずっと長めに整えていた。

鏡のなかの自分が、驚いた顔をしていた。

前髪が短くなり、晒《さら》された大きな目が光を宿し始めている。

（……あのまま、結婚しなくて良かったのかも）

今まで泥の沼のなかで息を潜めて生きてきた椿が、沼の縁に手を掛け、淀《よど》んだ水面から顔を出せたことに気付いた、瞬間だった。

一章

雨粒が窓を叩《たた》く音で目が覚めた。

昨晩は珍しく風が強く吹いていたけれど、収まらないまま朝を迎えたらしい。

ベッドのなか、椿はぼうっとしながら首だけを回して窓の方へ目をやった。

晴れていればカーテン越しにでも眩《まぶ》しい光が差し込む窓辺が、今朝は薄く暗いままだ。

風が雨粒を煽《あお》り、ベランダを越えて窓にパタパタと打ち付けている。

充電ケーブルで繋《つな》がれたまま枕元に置かれていたスマホを、手に取る。

毎朝六時十五分にセットしてあるが、時刻はその五分前を表示していた。

あと五分、再度目をつむって短い眠りに身を任せたい。

お気に入りの柔軟剤が香るシーツ、柔らかなタオルケットの肌触りを静かに堪能していたかった。

なのに一度スマホを手にすると、指は流れるようにロックを外し、ＳＮＳを開いてしまう。

昨夜、眠る寸前まで眺めていた画面が出る。指でスクロールしていく。椿の眠っている間にも、フォローしている人間たちが寂しさや思想、有益な情報などを好きに呟《つぶや》いていた。

最新には、可愛らしい茶色の雑種犬が黄色いカッパを着せられて、散歩をしている写真が載っていた。

犬もカッパを着慣れているようで、とくだん気にすることなく前を向いて歩いている。

そんな日常を、飼い主目線から撮ったであろう写真だ。

「……今日も可愛いなぁ」

気軽に生き物を飼えない環境なので、そういった他所《よそ》の飼い犬の日常写真や動画は椿の癒しになっていた。

ぼんやりと可愛い犬の写真を眺めているうちに、スマホからアラーム音が鳴り出す。

ああ、なんて小さく呻《うめ》いて、椿は気が重いまま観念したかのようにベッドから這い出た。

ひとり暮らしに広過ぎるリビングは、薄暗くしんとしている。

必要最低限の家具しかない為、がらんとして余計に寂しく感じるけれど、椿はこれで良しとしていた。

自力で見つけた訳ではないので、心のなかでここは仮の住まいという気持ちが強いのかもしれない。

最新のシステムキッチンも、足を伸ばして入れるお風呂も、ありがたいと思いながらも毎日遠慮した気持ちで使っている。

生き物を飼って部屋に傷や汚れをつけてもいけない。

いつでも身の丈に合った住まいが見つかれば引っ越しができるように、椿は広いマンションの部屋の隅っこで借り暮らしのように生活をしている。


暮らしているマンションから、会社まで三駅。通勤にさほど苦労しない距離に、椿の勤める山乃井《やまのい》商事はある。

まず都心部でこんな好条件のマンションに椿が暮らしていられるのは、彼女が家を追い出されそうになった時、姉二人が味方についてくれたからだった。

姉たちは、椿が父から叱責《しっせき》され打ちひしがれている間に新たな住まいの確保に走り、家電家具一式を揃《そろ》え、すぐに親から引き離した。

父は椿にあたるばかりだし、母には椿を庇《かば》う精神的な余裕がない。

姉二人にとって年の少し離れた妹は、親に逆らってもいいほど可愛い存在だったのだ。

一応は父に追い出されたという形だが、半分は姉たちに逃がされて椿は上之園の本家を出た。

山乃井商事は従業員が三百名ほどの企業で、上之園とは遠縁にあたり業績も好調だ。主な商材は銅板やステンレス、それを自動車分野や電子機器分野へ提供している。中小企業として長年やってはいるが、もう大企業といっても差し支えないだろう。

ただ、難があるとするとひとつ。山乃井商事の社長である山乃井忠《ただし》は、六十五歳を過ぎても口と性格が酷く悪かった。

椿をそんな山乃井商事へ預けたのは、父からの椿に対する罰だった。

傍若無人な山乃井の元に行けば、気弱な椿はすぐに音《ね》を上げて許しを乞《こ》うに違いない。

自分が悪かったと頭を下げてくれれば、また家に戻してやってもいい。

更に大人しくなったところで、有力者の後妻にでもすればいいと父は考えていた。

彼にとって、自分の子供なんてものは駒のひとつに過ぎない。椿が悪い訳ではないのに、そうやって徹底的にただ自分に従えと理不尽に厳しく接した。

そうして椿は言われるままにこの山乃井商事に転職し、一般職についた。

初めはメガバンクである上之園銀行から転職してきた椿に対して、不思議に思う社員からの視線があちこちから向けられた。

しかし、誠実に働く椿の姿にそんな目を向ける者など、今はもういない。

今朝から気が重い原因は、社長直々に来客へのお茶出しを命じられているからだった。

あの上之園の娘の面倒を見てやっている、俺。

そんな虚栄心を満たす為に、来客の予定があると社長は直接、椿にお茶出しを命じることが多い。

来客に椿をわざとらしく紹介し、上之園家との関係、そして自分がいかに上之園家から信頼されているかを語るのだ。

(もし血縁があって社長も上之園の苗字だったら、私なんて引っ張り出さないんだろうに)

今日もぎゅうぎゅうの満員電車に揺られながら、椿は妄想する。

山乃井社長は遠縁ではあるが、上之園と直接の血縁がある訳ではなかった。

いつも来客の前で私を絶妙に馬鹿にした物言いをするけれど、その場でパワハラだと指摘をしたらどうなるだろう。

来客の前でも顔を真っ赤にして、大声でも出すんだろうか。

いつも、皆を理不尽に叱る時みたいに。

(私にだって、プライドも我慢の限界もあるんだから)

流れる車窓に交互に現れるビルと重い曇り空を眺めながら、社長と素手で殴り合う自分の姿を想像する。

妄想のなかで、椿は社長の鼻をへし折り勝利の雄叫びを上げた。

ドアから吐き出されると、人の波に乗ったまま改札を通る。

駅を出ようとすると、傘を開く為に一度立ち止まる人たちでちょっとした渋滞になっていた。

椿も人の流れに沿い、雨粒がパラパラと吹き込む出入口のアーチの下で足を止める。

そして先月買ったばかりのベージュ色の傘を、素早く開いた。

歩き出すと、傘はつるつると面白いように雨粒を弾く。

雨に濡《ぬ》れる街路樹の茂った葉、色とりどりとはいかない、黒や紺の傘の群れを眺めながら足を進める。

家を出る時に弱まっていた風が、電車を降りた時には止んだのが幸いだった。

思ったよりも髪や服が濡れずに済んだと、椿は安堵《あんど》していた。

湿った髪を整えるのも、濡れて張り付いたストッキングの感触も好きではないし、こういう日は会社の女子トイレやパウダールームはメイク直しなどでいつもより若干混み合うのだ。

「上之園さん、おはよう」

後ろからの聞き慣れた声に歩くスピードを落とすと、ローズピンク色の傘をさした同僚の石田珠里《いしだじゅり》がひょこっと隣に並んだ。

「石田さん、おはよう」

お互いを苗字で呼び合うが、珠里は椿が山乃井商事にきて初めてできた同い年の友達だ。

長かった椿の前髪を『もう少し切ったら、きっと風景がもっと明るく見えてくるよ』と言って、切る勇気をくれたのが珠里だった。

明るくカラーリングした髪を、今日は軽くアップにしている。

ゆるふわ、というのだろうか。適当にまとめているようで、計算し尽くされたバランスで整っている。

大きな目をして、くるくると表情を変える明るい雰囲気の珠里には、とても似合っている。

「朝から雨だと、あれこれ面倒くさいって気持ちが先行して気分が落ちちゃうよね」

「あれこれ？」

「ほら、レインブーツ出さなきゃとか、傘をさすと歩き辛いとか」

珠里は歩きながら、ひょいっと片足を少し上げてみせる。

「石田さんのレインブーツ、可愛いね」

雨を弾くつるりとした質感、焦げ茶色のシンプルなレインブーツは洗練されたデザインで野暮ったく見えない。

ローズピンクの傘もそうだが、珠里が選ぶ物はどれもセンスの良いものばかりだ。

レインブーツを履いた珠里は、薄く水の溜《た》まり出した場所も構わずに足取り軽く進む。

「そう言ってもらえると、履いてきて良かったって思うよ。雨も悪くないね、ありがとう」

レインブーツは本当に可愛いと思うし、自分のひと言で珠里の憂鬱《ゆううつ》な気持ちが少しでも和らぐなら良かったと思う。

「上之園さんの傘も可愛いよ。柄《え》のところまで同じ色で、丈夫そうなのにシュッとしてる。それにシルエットがいい」

シュッとしてる。その、言いたいことは伝わるけれど何だかふわっとした可愛らしい言葉に、椿はふふっと笑った。

柄が細くて握りやすく、丈夫さを優先して骨の多いものを選んだが、その割にはごつく見えないところを椿も気に入っている。

持ち物を可愛いって、言うのも言われるのも嬉《うれ》しくなる。

気持ちが上がって、言われた物に更に愛着がわいてくる。

そんなことを話しているうちに雨脚は次第に弱まり、そして止んだ。

すぐ目の前には、職場である山乃井商事が見えてきた。

朝礼前のまだざわつく雰囲気のなか、椿は自分の席に着いた。

幸いにも女子トイレに駆け込むほどは雨で濡れなかったセミロングの黒髪を、ひとつに軽く括《くく》りながら周りを見回す。

白を基調としたオフィスは、機能性とデザイン性を合わせた落ち着いた雰囲気にまとめられている。

いくつか置かれた大きな観葉植物はリース会社が世話をしている為、いつでもつやつやと元気に葉を茂らせ癒しの空間を与えてくれている。

いつか自分の部屋にも背丈ほどの大きな観葉植物が欲しいと思いながらも、世話を考えると手が出ないままだ。

おはようとあちこちで挨拶が飛び交い、気持ちの良い朝の雰囲気が流れている。

社長がこのフロアに下りてこない限り、一日穏やかでスムーズな仕事ができると皆が密かに思っているのは内緒だ。

普段、椿は書類作成や電話対応に追われている。営業や総合職のサポートをする、縁の下の力持ちだ。

花形の営業や総合職とは違って地道な仕事が多いが、銀行勤めの頃の窓口業務よりもずっと自分に向いていると思っている。

銀行の顔として笑顔で明るく振る舞うのも、顔をジロジロと見られるのも慣れなかったからだ。

ちらり、と小ぶりで品の良いアナログ腕時計を確認すると、細いため息をこっそりと吐く。

「……すみません。来客があるので、上でお茶出しをしてきます」

隣のデスクで書類に目を通していた同僚にそう伝えると、「大変だね」と同情の声をこっそりと掛けてくれた。

椿は自分のデスクの上を片付けると、さっと簡単にその場で再び髪を整えた。

立ち上がりながらスカートに軽くついたシワを伸ばし、椅子の背もたれに掛けていた上着を羽織る。

時刻は来客予定の二十分前。今から社長室や応接間のある最上階へ向かい、そのフロアの端にある給湯室で準備を始めなくてはならない。

朝とは違いあまり人のいないホールでエレベーターを待つ間、はめ殺しにされた大きな窓の外に椿は目をやった。

いつの間にかまた雨が降り出していたようで、窓には雨粒がぶつかり流れた跡がいくつも筋を作っている。

こんな雨の日。いつも思い出すのは、大学時代に出会ったひとりの先輩の姿だ。

＊　＊　＊

鳴上詩郎《なるかみしろう》。

椿より二つ年上の先輩で、大学三年生。

冷徹さと甘さを合わせ持つとても端整な顔立ち、眼鏡の奥の憂いを帯びた瞳は何とも魅力的だった。

背が高く均整のとれた、逞《たくま》しい体躯《たいく》。清潔に整えられたヘアスタイル。髪がだらしなく跳ねたところなんて、見たことがない。

しかし形の良い薄い唇はいつも結ばれて、近寄りがたい雰囲気を醸し出していた。

際立つ美しさで、一目置かれていた先輩だった。

それに驕《おご》ることなく誰にでも敬語で接し、一線を引いている。

椿が鳴上をキャンパスで初めて見掛けた時、自分とは一生、接点など持つことがなさそうな人だと思った。

『モデルやタレントの彼女が五人いる』

『相当な遊び人で、背中にはびっしりとタトゥーが彫られているのを見た』

『実家は有名な商社だけど、実は養子だから跡は継げないらしい』

鳴上の周りには、そんな噂《うわさ》ばかりが飛び交っていた。

なんせ本人が否定も肯定もしないものだから、噂は尾ひれをつけて群れを成して魚のように泳ぎ、彼の周りを取り巻いていた。

どれが本当で、嘘はいくつあるのか。もしかしたら全部本当かもしれないし、嘘かもしれないけれど、椿には確かめる術《すべ》がない。

気になるけれど、真実を知るのは鳴上のパーソナルスペースに入れてもらえるような、特別な人間だけだろう。

誰も側に近付けようとしない鳴上に、そんな人がいるとは思えないけれど。

自分には関係ない。あの人の特別な存在になるなんて、天地がひっくり返ってもあり得ない。

そんな天上人だと思っていた鳴上がいるとも知らず、椿は幽霊部員だらけの読書サークルに入る。そして部室でその姿を見つけた時、顔には出さなかったが思い切り驚いた。

鳴上はせっかくのモデル並みの美しい顔立ちを憂鬱そうに曇らせ、いつも手元の本に視線を落としていた。

椿が覚えている限り、急かされるような春の風が吹く日も、残り陽に眩《くら》むような夏の夕方も、突き抜けるような空の秋の午後も、こめかみが痛むような寒い冬の夕方だって。

鳴上は本に視線を落としている時、同じ表情を浮かべていた。

（本、あまり好きじゃないのかな。だけど、手に取った本は必ず最後まで読んでいるし……）

初めは鳴上の無機質な様子に、自分が何かしたのかとビクビクしてしまった。けれどそのうちに、それは鳴上が本を読む時のただの癖なのだとわかった。

「……頭のなかで主人公と一緒に考えたり行動したり、逆に矛盾に突っ込みたくなると難しい顔になりませんか？」

ある時ぽつりと投げ掛けられた、鳴上からの問い。それで難しい表情は、本のなかの物語に没頭した時にする、癖のようなものらしいと椿は理解した。

椿が怖がって黙っているのを、鳴上は気付いていたようだ。

「……そうですね。辛い場面では、私もぎゅっと眉を寄せた顔になるかもしれません」

ホッとしたからか、気がゆるりと解けた椿は、眉をわざと寄せた表情を作ってみせた。

長い前髪のせいで、鳴上にそれが見えていたかはわからないけれど。

「君はわかりやすい。困った顔をしていると思ったら、すぐに口元がニヤニヤしています」

眼鏡の奥で、鳴上の涼し気な目元が面白そうに細められる。

こちらなんて気にもされていないと思っていたので、思わぬ発言に顔が熱くなった。

「に、ニヤニヤなんて……多分してませんっ」

恥ずかしくて口元を手で隠すと、鳴上はその様子に今度は珍しく小さい声を上げて笑った。

幽霊部員だらけの読書サークル。まともに活動と称した読書をしていたのは実質、椿と鳴上だけ。

鳴上に至っては彼のファンがお近付きの為だけに入部しないよう、入部届すら出していない〝もぐり部員〟だった。

人があまり立ち寄らない、書庫と倉庫を兼ねたような乱雑な部室。そんな場所に二人きりでも、鳴上は椿の存在を必要以上に気にもしない。

椿もまた、鳴上が好きに本を読めるようにと、自分から声を掛けはしなかった。

顔なんて、とてもじゃないが堂々となんて見られない。ちらり、と盗み見ることしかできないでいた。

顔よりも、椿はずっとその筋張った男らしい手元を見ていた。

男性の手に触れたことのない椿は、頭のなかで想像をする。

触れたら、温かいのか。甲に浮き出た血管は押しても痛くない？

手首の小さな火傷に似た跡は、どんなことが原因でついてしまったのだろう。

妄想は加速し膨らんで、鳴上が本を閉じるタイミングでいつも弾けた。

そんななかでたまに会話を交わした時。鳴上の複雑な生い立ちや、養子だという噂だけは本当だと知る。

ころりとまるで飴《あめ》玉でも手渡すかのように、鳴上はいきなり自分の身の上話を簡単に掻《か》い摘んで椿に聞かせたのだ。

椿にはそんな大事な話をしてくれた鳴上の意図がわからなかったけれど、これは本当の話で、決して嘘やからかいなどではないと感じた。

少しは信用、みたいなものをされているのだろうか。

言いふらす友達もいないだろうと、思われているのかもしれないけれど。

それでも思いがけず鳴上が自らの話を聞かせてくれたことで、難攻不落とされた城壁に一輪の可憐《かれん》な花でも見つけた気持ちになった。

ぽうっと椿の胸の奥に、温かさが宿る。

可哀想だとか大変ですねとか、慰めの言葉が頭にいくつも浮かぶがそれを口にはしなかった。

ただ「そうなんですね」と、事実は受け止めたと伝わるよう短い言葉で返した。

鳴上はふっとわずかに微笑んだあと、再び読みかけの本に視線を戻す。

「自分は雨の日に本を読むのが、一番集中できます」

なんて、話題をさりげなく変えて。

今日は朝から雨が降っている。

雨粒がさあさあと地面や建物を叩き濡らす音のなかで、鳴上はまた物語を追体験しながら憂鬱に似た顔をするのだろう。

椿はそれをちらりと見ながら、自分もまた本の世界に入っていく。

必要以上にお互いのパーソナルスペースに踏み込まず、同じ空間でそれぞれの本に没頭する。

椿の暗い学生時代のなかで唯一、ふわりと光る大切な思い出。

誰にも言えない大事な淡い初恋だった。

鳴上の卒業後、たまたま聞いた先生たちの会話から、実家の商社へ入社したと聞いた。

連絡先を交換するほど親しくはなかったし、椿にはそういった情報に明るい友人がいなかったので心配していたのだが、その話を聞いてホッとした。

（先輩はこれから、自分の力で居場所を作っていくんだろうな）

その頃既に、椿にはうっすらとお見合いの話が出ていた。

いつだって、誰かに用意された場所でしか生きられない自分。

反抗する訳でもなく、ただ黙って周囲の言う通りにする主体性のない自分。

椿は長く父親から否定され続けて、自分はそういうものだと思い込んでいた。

そんな自分が大学を卒業してから色々なことが起きて、今はこうやって懐かしく昔を思い出している。先輩の卒業を見送ってから六年経ち、私は二十六歳になった。

「……今の私の方が、多分ずっと人間らしいですよ」

誰もいないエレベーターホール。椿はもう会えることはないだろう初恋の先輩に向かって、ひとり呟いた。


給湯室でお湯を沸かし、聞いている来客の数と社長、同席する社員の人数分の湯呑《ゆの》みに注ぐ。

梅雨に入り湿度が高いので冷たいお茶にするか悩んだが、冷茶は二杯目にしようとその準備も始めた。

今日は大事な商談とだけ聞いている。

きっとすぐに終わる話ではないだろうと、冷茶用の涼し気なグラスの数を確認する。

そのうちに外から微かにがやがやとした、数人の気配を感じた。

給湯室からは見えないが、どうやら予定通りにお客様がやってきたようだ。

お茶出しのタイミングは、挨拶や名刺交換などが終わった頃。

それまでには、まだ少しだけ時間がある。椿はシンクの前に立ち、目線の高さに貼ってある、やたら年季の入った【節水】と達筆に書かれた紙をぼんやり眺めていた。

ここでため息を吐いたら、顔に出てしまう。

不満気な顔を社長に見せれば、また何を言われるかわかったもんじゃない。

頭のなかで社長と殴り合う第二ラウンドを始めながら、湯呑みを温めて最適温度になったお湯を、お茶っ葉を入れた急須に戻した。

そろそろかと腹を括り、お盆に人数分のお茶をのせて応接間の扉をノックしようとした時だった。

室内から、とても穏やかではない内容の声が耳に届く。

「次の社長は、あなたではなく、弟さんが継がれるそうですな」

ぴたりと、手が止まる。この話し方、声量は社長が誰かを叱ったり馬鹿にしたりする時のものだ。

山乃井社長は相手が自分よりも下だと判断すると、たとえそれが取引先相手だろうといきなり毒を吐く人間だった。

そんな奴が居て堪るかと椿は思ったが、山乃井社長にとってそれはコミュニケーションの方法だという。

そう聞いた時には、頭いっぱいに疑問符が浮かんだものだ。

そんな会社となんて、はたして取引が成り立つのだろうか？

そう疑問に思ったが、それでも相手方にとっては山乃井との取引はメリットがあり、魅力的らしい。それに常に社長のフォローにあたる、専務の手腕と人徳も大きいのだと知った。

椿のことも、専務は社長のいない時には気に掛けてくれる。表立って庇えなくてすまないと、謝罪されたこともあった。

立場があるのだろうと、椿は大丈夫だと気丈に振る舞った。

今日も専務が社長と一緒にいる。経営手腕に人間力のパラメーターを全振りした社長は人徳がゼロか、むしろマイナスなのだろう。専務の存在は必須なのだ。

さっきの失礼な質問の返事だろうか。

誰かが何か言っているけれど、扉越しの椿にははっきりとは聞こえない。

そもそも、社長の声が扉を突き抜けて聞こえるほど大きいのだ。

このタイミングはお茶を出すのには迷うところである。

きょろきょろと辺りに誰もいないのを確認し、一旦様子を窺《うかが》う為に集中して聞き耳を立てる。

普段、社長などの役員しか使わない最上階のフロアは、社長の声以外は聞こえずしんとしていた。

「……まぁとにかく、あなたが養子だってのは有名な話ですし。やっぱり血筋は大切ですよ。わたしもね、あの上之園銀行の頭取と縁がありまして……」

血縁なんてないのに、まるで誤解を招くずるい言い方をしている。

時代錯誤、勘違い。社長の勝手な言い分だと、とんでもなく嫌な気持ちで椿はしかめっ面をした。

しかし、さっきの言葉がひとつ引っ掛かる。

養子というフレーズに、一瞬でも忘れたことなどないあの憂鬱そうな顔が頭をよぎった。

(まさか、そんなね)

改めてタイミングを窺おうとした時だった。

「そうなんですね。しっかりとした血筋に縁があって羨《うらや》ましい限りです」

腹が立っていそうな声色ではない。さらりと受け流し答える、低く凛《りん》とした懐かしい声。

椿の心臓が、どくりと強く跳ねた。

「そうでしょうとも！　やはり親族経営となれば、血筋によるネームバリューの強さが物をいいますからな。あなたも精々、弟さんに媚《こ》びを売っておくといい」

社長の下衆《げす》でデリカシーのない言葉に、お盆を持つ手が自分の意思に反して震える。

かあっと頭に血がのぼる初めての感覚。

慎重に持っていたお盆の上で湯呑みのなかのお茶が激しく波打つ。

父や親族、社長に何を言われても、今までこんな気持ちになったことはなかった。

熱い、苦しい、爆発しそうな何かが胸のなかで今にも噴き出さんと渦巻く。

――そうだ。これは、怒りだ。

ずっと表には出したことがなかった激しい怒りの感情が、固く閉ざされた蓋を予想もしない力で押し上げ始める。

〝怒りを感じた時は、落ち着く為にまず六秒数える〟、そんな話を頭の片隅で思い出す。

「……六秒経つ前に、社長を仕留めてやる」

椿の可愛らしい唇から、物騒な言葉が漏れ出る。

会話を遮るように、衝動的に社長室のドアを力いっぱいノックした。

そうして返事も待たずに、勢い良く飛び込んだ。

「失礼します！」

椿の異様な登場の仕方に、応接間にいた全ての人間の視線が一斉に集まる。

社長と専務の驚いた顔。口を開けてぽかんとしている。

その向かい。ローテーブルを挟んだ三人掛けのソファーで目を見開いた男性の姿を、椿はとらえた。

二人の視線が合う。

……結ばれた形の良い唇は、全然変わっていない。

学生時代よりもずっと男らしく精悍《せいかん》な顔つきになっている。柔らかそうな明るい髪は、あの頃と違って遊ばせた部分はなくスーツに合わせてきっちり整えられていた。

眼鏡のフレームは変わっていたけれど、変わらず知的な美形に拍車をかける働きをしている。

（……先輩だ。やっぱり鳴上先輩だった）

瞬きをする度に、瞼《まぶた》の裏に星がちかちかと舞う。

じわり、と目頭が酷く熱くなるのを椿は感じていた。

心のなかに大切にしまってあった初恋が、瞬時に再びぬくもりを持ち始める。

それは次第に、強火で炙《あぶ》られていくかのように熱くなっていった。

「何なんだ、返事もしないうちに入ってきて。失礼だろう」

山乃井社長は、いつもとは雰囲気の違う椿を客人の前で叱り始めた。

確かにまるで突入するかの如く入室するのは良くない、普段ならば。

しかし今は、これが椿にとっての最適解なのだ。

「すみません。取引先様相手に、社長の随分と失礼な発言が廊下まで漏れていましたので……驚いてしまって」

皮肉をたっぷり込めた言葉と、眉を下げ本当に驚いてしまったという顔をわざとらしく作ってみせる。

「俺がいつ失礼なことを言ったんだ。経営者としてアドバイスしてやっただけなのを、お前は馬鹿だから勘違いしてるんだろう」

やれやれなんてポーズをつけた山乃井社長の横で、専務は慌てて発言を止めようとしたり、鳴上ともうひとりの来客に頭を下げたりしている。

「馬鹿って、私のことですか」

「お前しかいないだろう。今日はどうした、可愛げすらもない。だから婚約破棄なんてされるんだ」

勝ち誇った表情を山乃井社長は浮かべた。

鳴上は、ハッとした顔で椿を見る。

この空気や会話で、山乃井社長が普段から椿にパワハラ発言をしているのに気付いたのかもしれない。

社長はここから、上之園家から問題のある三女を預かっている……と流れるように自慢話をするのがお決まりだった。

いつもなら椿は、どうしたら良いのかと困った顔をする来客の前で、黙って小さく微笑んで即、退室をしていた。

いつもならば、だ。でも今日は違う。

人生でたったひとりの、大切な初恋の人を傷つけようとした山乃井社長を前に、黙って退室しようなんてハナから思っていない。

堪忍袋の緒は完全に切れて、とうに遥《はる》か遠くに思い切り投げ捨てている。

「失礼します」

椿は何でもないようににっこりと微笑み、お盆から両手で丁寧に茶托《ちゃたく》を持ち上げ、ローテーブルにお茶を出していく。

怒りに震える心、今日こそは我慢ならないという決意、そして鳴上と再会できた喜び。

『盆と正月が一緒にきた』なんて比喩があるが、心中はそこにサンバのカーニバルやトマト祭りまでもが同時開催中だ。

とにかく騒がしい熱気に身を任せるなか、鳴上からの視線を感じて顔を上げる。

目が、合う。

眼鏡の奥で微かに瞳が揺れた。

その瞳は凍てつく冬の夜にひと際冷たく光り輝く、シリウスに似ている。

近寄れもしないのに、狂おしく欲して見上げてしまう。夜の地上から見える、一番眩《まばゆ》い恒星の名前。

引っ込み思案な椿が恋焦がれた、誰を映す時にも冷静な瞳が、椿だけを映す。

思い上がりかもしれないけれど今、鳴上は椿を案じてくれている。

そう感じ、椿は「我慢しなくて良かった」と心の底から思い、また涙ぐんだ。

その時だった。

鳴上は椿からすっと視線を外すと、姿勢を正し山乃井社長に向き合った。

「……山乃井社長は、彼女に対してどうしてそんな発言をするのですか？　彼女のプライバシーや人権を侵害する内容でしたが」

はっきりとした、冷静で低い声。目線は真っ直ぐに山乃井社長へ向けられている。

静かだが空気を震わせるような迫力がある鳴上の雰囲気に、椿は思わず息をのんだ。

がらりと変わった鳴上の様子に、咎《とが》められることに慣れていない山乃井社長の顔は狼狽《うろた》え、みるみる真っ赤になる。

「何もかも、こいつが悪いのが事実だ！　実家から追い出されたのを面倒見てやってるんだから、俺に何を言われても文句なんてないだろうが」

大声を上げ身を乗り出して、ローテーブルの向こうに座る鳴上を威嚇《いかく》する。

それに動じることなく、鳴上は更に言葉を重ねた。

「事情はわかりませんが、それは山乃井社長だけの言い分ですよね。自分からも言わせてもらえば社長の発言は不愉快でしたし、彼女も困っているようでしたが？」

鳴上の隣に座る男性も、発言を止めることなく静かに真っ直ぐ山乃井社長の動向を見ている。

「こちらのコンプライアンス的には、社長の発言はどうなんでしょうか」

追撃とばかりにひと言付け加え、今度は専務にも視線を巡らす。

専務の額から汗が流れるのを、椿は見ていた。

山乃井社長は息を荒らげ、顔を赤くしたまま続ける。

「……年長者を敬えないようじゃ、やっぱりあんたは社長の器じゃないんだわな……何も持たない、この捨て子風情が」

はぁーっと、わざとらしくため息を吐いて、山乃井社長は最低な捨て台詞を吐いた。

「お前ら、余り物同士でくっついたらいいんじゃないか？　副社長は、まだ独身だろ」

鳴上と椿に目をやった山乃井社長は論点をずらすように、続けてこうも言った。

人の出生に、当人の責任なんてない。

鳴上の複雑な生い立ちも、椿が上之園家に生まれたのも、二人が選んだ訳ではない。

どうしようもない、ただの結果だ。けれど。

持たざる者と、持って生まれた者。

この山乃井社長という人間の前では、それだけが重要なのだ。

（社長も、やっぱりお父さんと同じなんだ。上之園の名前に囚われた人間だ）

さあっと、怒りの感情は波が引くように遠ざかった。

呆れ、失望感、虚しさ。それらが頭と心を冷やしていく。

……なら。

鳴上の左手の薬指をちらりと確認する。そこに指輪はない。

……絶対的な確証はないけれど、それなら。

「……鳴上先輩」

椿は、その名前を何年かぶりに口にする。

呼ばれた鳴上は、視線を上げて立ったままの椿を見上げた。

視線が再び絡まる。

目を合わせて会話をするなんて、学生時代だってそんなになかった。

（ああ、やっぱり私は本当に……先輩を忘れられなかったんだ）

このあと、社長にいくら叱責されても、父に告げ口されようとも。もう、どうでも良かった。

余計なことなんて、何も考えていない。

ただ椿は自分が唯一持っているものを、鳴上の為に純粋な気持ちで差し出したかった。

椿は鳴上の腰掛けたソファーの側に寄り、床に膝をついた。

今度は、椿が鳴上を見上げるかたちになる。

心臓はさっきから大太鼓でも打っているかの如く、ドコドコと大騒ぎだ。

祭りだ祭りだと、盆踊りも阿波《あわ》踊りも一緒になって盛り上がる。

呼吸を整える為に薄く息を吐いて、鳴上の瞳を見つめる。

そして。

「山乃井社長が言う通り、私は一度婚約を破棄された身です。ですが、腐っても鯛《たい》と言いますか、それでも変わらずメガバンク上之園銀行頭取の娘であります」

椿は目の前の、鳴上に語り掛ける。

「私は旧華族の血を今でも受け継ぐ、上之園本家の三女です。恥と醜聞を何よりも嫌い、見栄ばかり張りたがる家ですが……政財界でも力だけは無駄にあるようです。それがいつか先輩の役に立つこともあるでしょう」

鳴上の薄い唇が、ぴくりと動く。

椿の目には、鳴上の姿だけ。

椿の耳には、鳴上が身動《みじろ》ぐ音しか聞こえていない。

奇妙な静寂のなか、椿は唯一自分が持っているものを鳴上に真っ直ぐ差し出した。

「上之園家のネームバリュー、要りませんか？　私と結婚しましょう」

誰の耳にも届くよう、そうはっきりと一気に口にした。

ガタンッ！　騒がしい音が静寂を破った。

山乃井社長が慌てて立ち上がったので、ローテーブルに膝でもぶつけたらしい。

「な、お前何言ってるんだ！」

「何って、プロポーズです。山乃井社長が余り物同士と仰ったんですよ？　私と結婚しても、上之園と縁が持てるくらいしか先輩にメリットはありませんが……」

椿はすっくと立ち上がり、わざとらしく眉を下げて困った顔を作った。

昔から華やかな姉たちの陰になっていただけで、椿の顔の造りは十分に美しいのだ。

だからこそ、余計に訴えてくる力がある。

椿に見つめられ、「うっ」と山乃井社長が一瞬、言い淀んだ。

上之園と縁を持つ。

それがどれほどの後ろ楯《だて》になるか。この場では山乃井社長がそれを一番よく知り、そして享受《きょうじゅ》していた。

遠縁でもこれなのだから、直系である椿と結婚をしたら恩恵は唸《うな》るほど受けられるだろう。

本人たちの意図とは関係なく、だ。

椿と山乃井社長、この二人の間では、椿は上之園の名を持つ者。社長は持たざる者という構図になっている。

「ば、馬鹿を言うな。会ったばかりの男にそんなことを言うなんてっ」

唾を飛ばし、わめく。

「初対面ではありません。鳴上先輩とは、同じ大学でしたし顔見知りです」

「こんなこと、お前の父親も上之園の一族も黙ってる訳ないだろうが……！」

その通りだ。そこは否定できない。

けれど椿は、そんなことはどうでも良かった。

自分の行動ひとつで、山乃井社長が馬鹿にした鳴上を〝こっち側の人間〟にできるということを今、知らしめただけ。

焦る山乃井社長の顔を見られただけでも結果オーライなのだ。

あんなにも大嫌いでずっと離れたかった上之園というブランドが、今、初めて役に立った。

それに、もう会えないかもしれないと思っていた鳴上に再会できたのが、何よりも嬉しい。

本当はこんな場ではなく、街中などで偶然会えていたら。

今の自分なら、もしかしたら連絡先くらいは頑張って渡せたかもしれなかったのに。銀行を辞める時に書かされた退職届の内容を、山乃井でも使うことになるかもしれない。

椿がそんなことをいくつか社長の赤い顔を見ながら考えていると、座っていた鳴上がすっと立ち上がった。

すらりと長身の鳴上の体に綺麗《きれい》に沿ったブラウン色の上質なスーツは、オーダーメイドだろうか。シャツやネクタイも柔らかな色で、鳴上の本来持つシャープな雰囲気を和らげていた。

こんなこと、茶番だと呆れられただろうか。

今日は商談にならなかったと、失望したかもしれない。

椿は内心びくりとしながら、そうっと鳴上に声を掛けた。

「……お帰りになりますか？」

「いえ」

そう答えて椿の前にくると、今度は鳴上が床に膝をついた。

椿は慌てて、鳴上を立たせようとする。

「ちょっ、先輩、スーツが汚れます！」

「……上之園さんだって、さっきしてたじゃないですか」

「だってあれは……っ」

一世一代、椿からの本気のプロポーズだったのだ。

鳴上は椿の片手を流れるように取り、優しく包み込む。

突然の出来事に椿の心臓が再び激しく鼓動を打ち、熱が一気に顔に集まってきた。

ずっと憧れて盗み見ることしかできないでいた、あの大きな手に初めて触れられたのだ。

ものすごく恥ずかしい。咄嗟《とっさ》に空いていた方の手で口元を隠すと、鳴上がふっと笑ったように見えた。

「花束のひとつもあれば良かったのですが。君からのプロポーズ、ありがたくお受け致します」

にっこりと。

まるで大きな商談でもまとまったあとのような笑顔で、鳴上は椿のプロポーズに応えた。

初めて見る、作り笑いに似た鳴上の笑顔だった。

「……ほ、本気ですか」

「君は、ふざけてプロポーズしたんですか？」

「ふざけてません、本気です……！　でも、だけど……！」

「なら、自分もそれに真剣に応えますよ」

優しく握っていた椿の手の甲に、鳴上は柔らかくキスを落とした。

ついに完全にキャパオーバーを起こし固まってしまった椿より先に、素《す》っ頓狂《とんきょう》な声を出したのは山乃井社長だった。

椿が一世一代のプロポーズを鳴上にしてから、数日が経った。

あの日あのあと。当然商談は延期になり、鳴上は帰り際、椿に連絡先を渡した。

覚悟をしていた山乃井社長からの退職勧告などは、まだない。

あの場に居合わせた専務の姿も見ていないし、社長室からの内線が鳴ることもなかった。

（鳴上先輩は、私を助ける為に話を合わせてくれただけ。ちゃんと謝らなくちゃ）

手帳を綺麗に破り、電話番号が走り書きされたメモ。

その番号に連絡を入れてみると、あれよあれよという間に二人きりで会うことになった。

『一度、二人で会って話をしましょう』

そう鳴上に提案され、指定されたのが金曜日の今日。

そわそわと浮き足立つ心と罪悪感との間で、椿は無理やりに絶叫系アトラクションに乗せられた気持ちでいた。

プロポーズを受けてくれたのは、本気だったのだろうか。

いや、やっぱりそんな訳はない。

私ひとりが空回っているのを見るにみかねて、あの場だけでも助けてやろうと思ったんだ。

プロポーズを受けてくれた時の笑顔は、まるで商談が成立した時に見せるようなものだったもの。

あの笑顔を思い出す度に、期待と不安が入り混じり複雑な気持ちになる。

……だけど。そう簡単にプロポーズなんて受けるはずないよね？

そんな考えがあれからずっと交互に、椿の頭のなかを占領している。

退社時間を過ぎて、女子トイレの洗面台は人が入れ替わり立ち代わりしていた。

週末特有の、仕事から解放された浮き立つ気持ちで、これからショッピングや飲みにでも繰り出すのだろう。

何人もの女子社員たちが、パウダールームでメイクポーチを忙しなく漁りながら鏡と向き合っていた。

インフルエンサーが動画配信で紹介していた見覚えのある新作のリップが、ライトを受けて女子社員の手元できらりと光る。

山乃井商事は女子社員たちからの強い要望もあり、数年前に女子トイレに新たに広いパウダールームを併設した。

混雑していた昼食後の歯磨きも帰宅時のメイク直しも、順番待ちがあまりなくなり随分とスムーズになったと大好評だ。

いつもならまっすぐに帰る椿が、今日は鏡の前で念入りにメイク直しをする。

特に梅雨の季節の今。少し動くだけでじんわりと滲《にじ》む汗がメイクを崩す一因になるようで、何度もハンカチを額にあてた。もともと汗をかきやすい体質なので、とても気になってしまうし厄介だ。

本当は美容院に行っておきたかったが、通っている店は週末に向けて予約でいっぱいになってしまっていた。

せめてもと椿は珠里に、普段どんなショップで服を買っているかを聞き、昨日の仕事帰りにそこへ立ち寄り、店員にコーディネートを頼んだ。

白のシンプルなブラウスに、初夏を思わせる爽やかな薄い水色のカーディガン、膝下にさりげなく広がるライトベージュのスカート。全体的に、上品でフェミニンなイメージにまとめてもらった。

普段黒や白のシックな色ばかりを選ぶ椿には、季節を意識した薄い水色のカーディガンが新鮮に思えた。

鳴上に会う今日は、平日。一度着替えにマンションへ帰る時間はないので綺麗めなオフィスカジュアルになったが今朝、椿の姿を見た珠里からは大好評だった。

好きだった人に再会して、夕飯を一緒にとることになった。

嬉しくて緊張し、気を抜いたら訳のわからない呻き声が口から漏れてしまいそう。

顔は勝手にニヤけるし、変なため息も出てしまう。

今夜は生まれて初めての、好きな人とのデートだ。

椿はこの初めての感覚を、珠里に全て打ち明けてしまいたかった。

珠里ならきっと、共感してくれる。「割り勘の時に困らないようお札を崩して、なんなら小銭の用意までしている」と言ったら、笑ってくれるかもしれない。

そんな、小さな恋の不安や喜びを友達と共有してみたかった。

しかし喉まで出かかったそれを、椿は飲み込んでしまった。

初めてのデートで、あのプロポーズをなかったことにされる可能性があるからだ。

むしろ、そうとしか思えない。

それを告げられた時、はたして鳴上を心配させないように、笑顔を作れるのだろうか。

今度は胸の奥がずんと重くなり、緩んだ口元がしまっていく。

結局、珠里にはお礼しか言えないまま、この時間になってしまったのだった。

改めて鏡に向き合うと、今、隣にきた女子社員に軽く声を掛けられた。

「あれ、帰りにここで会うのって珍しいよね」

顔を見れば、同じフロアで働く年上の社員だった。あまり会話をしたことがないので、名前が思い出せない。

「あっ、か、帰りに待ち合わせしていまして……」

咄嗟にそう答えると、女子社員は「今日の格好、可愛いもんね」とさらりと言って微笑んだ。

あの密室での出来事は、社内の噂にはなっていない。

恥をかかされた社長が自ら言って回る訳はないし、同席していた専務が軽々しく話を広めるとも思えない。

ワクだ。

ワインなんてミネラルウォーターのように流し飲み、涼しい顔をして日本酒をジョッキに注いで嗜《たしな》む。

椿も付き合いはするが、最後まで正気を保ったままでいられたことがない。

そんなことを思い出しながら、もうひと口とグラスに口をつけた。

そのうち、最初にドライフルーツとチーズの盛り合わせが運ばれてきた。

無花果《いちじく》のドライフルーツをすすめられ、ひとつ口に運ぶ。

水分が抜けたことで自然な甘さが凝縮し、種のぷちぷちとした歯触りがアクセントになっている。

プルーンのドライフルーツはたまに食べるが、無花果は初めてだった。

「白ワインと一緒にいただくと美味しいでしょう?」

「……はい!　美味しいです。ドライフルーツは白ワインにとても合うんですね」

椿は、ほうっと幸せな息を吐いた。

「上之園さんは、好きなつまみはありますか?　何か、普段から好んでいるものがあれば……」

「……えっ」

鳴上がまたメニューを開くが、椿はすぐに答えられない。

友人と飲みになんて行ったことが、今までに一度もない。

たまに酒を飲むのは自宅であるマンションのみで、相手は姉たちだけ。

『つまみが腹に入ると飲めなくなる』と姉らは味噌《みそ》や塩を舐《な》めつつ酒を呷《あお》るのが当たり前なので、真似をしている椿は好きなつまみはと聞かれて困ってしまう。

世間の人は、こんな風に甘いドライフルーツやチーズをつまみながら、お酒を嗜むのか。

おやつに食べるだけじゃないんだ。

椿は新たな発見への感動と、鳴上と自分との違いにちょっぴりと落ち込んだ。

「ああー……あの、塩気の多いものが好きです」

まんま塩、とは言えず誤魔化したが言い得て妙だ。

「なら生ハムを切ってもらいましょうか、オリーブを漬けたものも一緒に」

軽く片手を上げて店員を呼び、慣れた様子で追加のオーダーをする鳴上の姿を、椿はぼうっとした面持ちで見ていた。

(誰かと……例えば彼女さんとかと、一緒にきたことがあるんだろうなぁ)

仕方がないと思う。大学時代の鳴上は自分のパーソナルスペースには誰も入れない、という雰囲気があったけれど。社会に出て、入れてもいいと思える人に出会えたのかもしれない。

「……上之園さん。自分は今日、お聞きしたいことがあって貴女をお呼びしました」

オーダーを終えた鳴上は、姿勢を正し椿に向き合う。

――きた。

椿はごくりと息を飲み、膝の上で再び拳を握った。

「鳴上先輩、私もお話があります。先によろしいでしょうか」

ん?という表情を見せたが、鳴上は譲ってくれた。

賑やかな店内で、こんなにかしこまっているテーブルは多分ここだけだ。

じわ、と額に汗が浮く。あんなに丁寧にメイク直しをしてきたのに、こんな時に崩れてしまいそうになるなんて……と椿は汗っかきの自分が情けなくなってしまった。

「先日は大事な商談の場を台無しにしてしまって、申し訳ありませんでした」

その場で深く、深く頭を下げる。

「上之園さん、どうか頭を上げて下さい」

鳴上は今、どんな表情をしているのか。

椿は緊張しながら、ゆっくりと顔を上げた。

「……なんて酷い顔をしているんですか」

まるで驚いたような、鳴上の声色だ。

覚悟を決めて、鳴上の顔を見る。

怒ってはいなそうだ。

ただそれは、プロポーズに応えてくれた時に見た、作られたような微笑みだった。

椿は何かを期待していた自分を恥じると、鼻の奥がツンと痛くなってきてしまった。

「あの社長の横暴な態度には、うちの営業もだいぶまいっていました。あの日は自分も同行し、状況を見て案件を引き上げようと考えていたんです」

「それで、いらっしゃったんですね」

「ええ。それで、いきなりのアレでしょう？」

アレ、とは社長が言った養子の話だろう。

「……弊社の社長が、本当に申し訳ありませんでした」

椿がここで何度謝っても、社長からの謝罪がなければ意味がないことは分かっている。

けれど、黙っていることができなかった。

鳴上は椿に再度、頭を上げるように言った。

「いいんですよ、真実ですから。確か以前、お話ししたことがありますよね。母のことや施設から鳴上家に引き取られたことも」

大学時代、なぜか鳴上が椿に身の上話をした、あのことを言っているのだとすぐに気付いた。

自由奔放だった鳴上の母は若くして家から飛び出し、父親が誰ともわからない子供を妊娠、出産。そして鳴上が四歳の時、事故で亡くなった。

施設に預けられた鳴上はそこで二年過ごしたあと、母の兄である鳴上社長に養子として引き取られた。

鳴上の母は再婚した祖母の連れ子だった為、鳴上社長とは兄妹の関係ではあったが血の繋がりはなかった。

鳴上社長はそのことを隠そうとはしなかったので、興味を持った人が調べればすぐに知ることとなる情報になった。

人の口に戸は立てられない、とはよく言ったものだ。

鳴上自身が人目を引く美貌に成長したこともあり、噂好きな社交界でこの話が広まり、巡りめぐって山乃井社長の知るところとなった。

大学時代に鳴上から生い立ちを聞かされた椿は、幼い鳴上が大人の都合で翻弄されるさまを想像し、密かに胸を痛めた。

「でも、あんな風に大きな声で言うことではありません」

「まぁ、それは確かにそうですね。山乃井社長の態度は褒められたものではありませんでしたが……上之園さんの芯の強そうなところがわかって良かった」

「芯の強そうなところ、ですか？」

「大学時代は大人しそう、という印象でした。ただ瞳の奥に……そうでないと訴える力があった。目力とでも言うんでしょうか」

鳴上は、ワイングラスに静かに口をつけた。

「まぁ実際、自分が社長にならないのも本当です。昔から海外事業に強い興味があって……将来的に、会社は弟に任せて日本を出ようと考えています」

鳴上商事も、山乃井商事に負けず劣らずの大きな企業だ。

海外には事業部がいくつもあり、インフラやエネルギー事業にも明るい。

日本を出るという発言には驚いたが、海外で活躍する鳴上の姿を、椿は容易に想像ができた。

目指す先をしっかりと見据えている鳴上を、あんなことに巻き込んでしまっては良くなかった。

「あの、鳴上先輩が私に聞きたいことって……なんでしょうか」

死刑宣告を聞く罪人のような面持ちで、椿は鳴上に問う。

『あの時はああするしかなくてプロポーズに応えたけれど、本気にしていませんよね？』

あの日からずっと、鳴上の声で何度も、この言葉を頭のなかで再生してきた。

そうやって備えておけば、実際に言われた時に受けるダメージが小さくなるような気がしていたからだ。

「上之園さん」

「はい」

「……婚約破棄、されたとあの時に聞いてしまいました。もし可能ならば、その理由を知りたい」

ズキッと、とっくに癒えたと思っていた古傷が痛む感覚に、椿の息が詰まった。

いや、あの傷は一度も癒えたことなどない。ぐずぐずと腐り続けるそれを認めたくないから隠して、見ようとしていなかっただけだ。

声を出そうとして唇だけは動いたが、そこから言葉が出ない。

「……上之園さん？」

額に浮いた汗が、とうとうたらりと、ひと筋流れた。

それは鳴上にも見えたのだろうか。拭おうと意識はするが、握り締めた手が動かない。

しかしグッドタイミング、とでもいうのだろうか。

店員がテーブルに、切りたての生ハムとオリーブを運んできてくれた。

この空気に他人が介入したことにより、椿は詰めた息をこっそりと吐けた。

鳴上が店員から料理を受け取ってくれている間に、動くようになった手でハンカチを用意し、額や頬にあてた。

店員がテーブルから十分に離れたのを目で追って、鳴上から何かを言われる前にと椿は口を開いた。

「……つまらない女だからと、そういう理由で婚約を破棄されました」

鳴上の顔は驚いていた。たっぷり時間を置いてから、どうにも納得がいかないとでもいう風に短く声を漏らした。

「……ええ?」

本当に訳がわからない、といった雰囲気だ。

「あの、上之園さんのお相手ですから、それなりの家柄の男性だったんですよね?」

「はい。父が家の為に決めた人でしたから」

「……そんな、しっかりした家柄の方がそんな理由で？　少なくとも、上之園さんはつまらない……なんてことはないのに」

続けて「だって、あの山乃井社長と渡り合ったんですよ？」そう付け加えられたひと言が、思いもよらず椿の陰鬱とした気分を吹き飛ばした。

「渡り合ったって……！」

ふふっと、笑ってしまった。笑ったら今度は、可笑しくて仕方がない。

「あはは、はぁ、ありがとうございます。褒められたみたいで嬉しいです」

涙が浮かぶほど笑ったのは、久しぶりだ。

雰囲気と乾杯のワインに、早くも酔ってしまったのかもしれない。

「褒めてはいないんですけどねぇ」

その冷静な鳴上の物言いが、とても懐かしい。

「私にしてみたら、褒められたのと一緒です。なんせ親にも出来損ない、なんて呼ばれてるんですから」

くいっと勢い良くワイングラスを呷る。そしてすぐ、気が緩みきってしまったと、そっとグラスをテーブルに置いた。

「……婚約破棄された出来損ないの娘への罰なんです、山乃井に私が居るのは」

「罰、ですか。不思議に思ってたんです、てっきり上之園銀行に勤めていると思っていましたから」

鳴上の表情は、真剣なものへと変わっていた。

「上之園銀行へ入行しましたが、婚約破棄されたあとに辞めさせられちゃいました。で、山乃井へ入社させられたんです」

「まさか、親御さんはあの社長の性格を知っていて？」

鋭い鳴上の洞察力に、椿は嬉しくなる。

「先輩はやっぱり凄い……私に謝らせたいんですよ、父は。ごめんなさい、今度は上手くやるから許して下さいって」

そうしないと、あの父の溜飲《りゅういん》は下がらないのだ。

椿は自分の置かれた状況を隠すことなく、鳴上に伝えた。

実家を追い出され、姉たちの協力で今のマンションで暮らしていること。

山乃井で初めて友人のような存在ができたこと。

これをきっかけに、もっと人間らしく生きてみようと奮闘中なのだということを語った。

鳴上は椿のグラスが空きそうなタイミングで次のワインをすすめ、軽食を取り分けてくれる。

椿も同じようにしようとしたが、鳴上は慣れた手つきで先んじて済ませてしまう。下手に手を出すより、ここは甘えてしまおう。椿はその都度お礼を言い、口にした軽食の感想を丁寧に伝えた。

はたから見たら、まるでデートだ。

椿にはこの場を楽しむ余裕がやっと出てきた。また、鳴上の雰囲気も柔らかくなってきていた。

たまにふっと目元が緩むのを、椿は嬉しい気持ちで見ていた。

「この状況から逃げてしまいたいと、思ったりはしないのですか？」

鳴上に投げられた問いかけは、もしかしたら学生時代から椿に持っていた疑問かもしれなかった。

そう思われても仕方がない。自分は父に従順過ぎたのだ。

椿はグラスに薄っすらと映る自分に視線を落とし見つめる。

「……ずっと父に言われた通りに生きてきましたから。でも山乃井を辞めないのは自分の意思です。父に謝りたくないので」

グラスに映る椿は、実家で肩身の狭い思いをしていた頃から、違ってきているだろうか。

人の顔色を窺うことは、少なくなったと思う。

自分で考えて行動する、大変さと大切さ。これから重ねていって、自己を再構築していきたい。

上之園椿、らしく。

「……そうですね、謝る必要なんてないと自分も思いますよ」

鳴上の同意に、椿は自然と笑顔になるのがわかった。

「では婚姻届を出すにあたり、自分について知っておいていただきたい点があります」

鳴上が、くいっと眼鏡を直す仕草をする。

「……えっ！」

椿は予想以上の大きい声を上げた自分に驚き、慌てて口元を押さえた。

「何か質問ですか？　ああ、まだ名刺も差し上げていませんでしたね。失礼しました」

鳴上がジャケットの内ポケットを探り始めたので、椿は待って欲しいと頼んだ。

「先輩、本当に……本当に私と結婚していいんですか……？　だっていきなり私が一方的に騒いで巻き込んでしまったんですよ？」

それに、好みの顔やスタイルだってあるはずと、椿はモゴモゴと小さな声で付け足した。

鳴上は手を止め、顔色ひとつ変えず「ええ」と返した。

結婚への返事か、好みへの答えなのか。

「プロポーズの際にアピールされた上之園のネームバリューですが、自分にとって生涯有益なものだと判断しました。それに貴女の話も聞いて……ますます結婚した方が良いと結論付けました。上之園さんは清潔感がありますし、問題ありません」

両方への肯定的な答えだった。

一生を添い遂げる相手に、清潔感があればいいという。

もしかしたら、好みの顔やスタイルの恋人が既にいるからか。しかしそれでは、不貞になってしまう。

「先輩に恋人はいないですよね……？　いる？」

「そんな不誠実な男に見えますか？」

ぴしゃりと答えたが、ただ、と鳴上は付け加える。

「自分には、人を愛する才能がありません。大切には思いますが、それ以上の感情が付いてこないのです」

人を愛する才能がない。

鳴上は、はっきりとそう言い切った。

つまり、結婚しても椿のことを愛せないと宣言されたのだ。

「……結婚は、難しいってことですか？　あれ、でもさっきは結婚した方が良いって」

「はい。なので、愛憎を抜きにしたビジネスライクな結婚になります。自分は上之園のネームバリューが使えますし、上之園さんはお父様にもう一生謝らなくていい」

「ビジネスライク……事務的、契約結婚みたいな？」

「そうです。手前味噌になりますが、鳴上商事も総合商社のなかではトップクラスの企業だと自負しています。上之園家に損をさせるような結婚ではありません」

ここまではっきりとビジネスライクだと言われると、椿の心は逆に清々しくなってきた。

「上之園さん。それでも自分と結婚できますか？　愛していると言って優しく抱くこともない、子供が必要になった時にだけ貴女を寝室に招くかもしれない男ですよ」

まるで、椿からなかったことにしたいと言い出すのを待つ口ぶりだ。

ノウハウのある鳴上商事も既に新たな地での参入の意思を示し動いている。

鳴上商事はこれまで以上に海外進出を図り、発展していく自信もある。

数ある商社のなかで、そのトップに立つと。

今、鳴上商事との縁を強く持つことは上之園にとって決して悪い話にはならない。

まるで商談、プレゼンのように鳴上は流暢《りゅうちょう》に、そして自信に溢れた態度で自分と椿の結婚が上之園にもたらす利益の話をした。

椿は黙って、鳴上の隣で背筋を伸ばし父の顔を見ていた。

父もメガバンクの頭取だけあり鋭い指摘が入ったが、鳴上はそれに対して丁寧に対応し、説明をしていく。

「君は次期社長にはならない……、いや、実子が継ぐのでなれないというのは本当なのか？」

「はい。社長には弟が就きます」

鳴上の言葉に、父の顔がはっきりと曇る。

「それだと今後、鳴上商事内での立場がなくなっていくんじゃないのか？」

「自分は将来的には海外事業の方に、更に注力して仕事をしていきたいと考えています。そちらの分野でのトップは自分なので、立場が弱くなるといったことは一切ありません」

父は腕を組み、それもそうか……と考え込む。

まるで値踏みだ。椿の父は鳴上のことをとことん追及し、上之園と縁故を持つに値する人間なのか今、見定めようとしている。

鳴上の方も椿の父をひとりのビジネスマンとして敬い、決して失礼な態度をとることはない。

そんななか、椿の母はお茶のおかわりを頼んでくるといって出ていったきり、部屋に戻ってはこなかった。

母は昔から父のように椿を叱責することはなかったが、その横暴な態度から庇ってくれることもなかった。以前受けた手術をきっかけに、気力を振り絞る強い精神力を失っているのだ。それを三姉妹は理解していたし、父から椿を庇うのは自然と姉たちの役割になっていた。

父は最初、鳴上の粗探しばかりしていた。

しかし最後は鳴上という人間を認めたのか、それとも嫁にやる娘が役立たずの椿だったからか。

椿の父は、その日のうちに二人の結婚を認めた。

二章

鳴上詩郎に、恋人がいたことは一度もない。

人を愛せない自分には、必要のない存在だと考えていた。

体だけの関係を結んだ女性もいない。

あとから拗《こじ》れて、面倒なことになったら堪らないと思ったからだった。

そんな鳴上が、ちょっとした偶然とひとりの女性の勇猛果敢な行動により、結婚をすることになった。一生そのような事柄と自分は無縁、そう思っていたはずなのに。


鳴上が椿の両親に挨拶に行った日から、三ヶ月が経った。

大手有名企業、鳴上商事の若き副社長と、上之園家の三女の婚約は瞬く間に政財界の話題になった。

なんせ鳴上の美貌の副社長は訳ありで、上之園の三女は少し前に婚約破棄をされた身だ。

そんな二人がどんなきっかけで出会い、婚約に至ったのかと噂好きの人間は知りたがった。

しかし椿の父は、付き合いのある政治家の後援会や政治資金パーティーで真相を聞かれても、「まあまあ」と誤魔化すようにしていた。

なぜなら、椿の父はそれを知らなかったからだ。鳴上は出会いの経緯を伝えなかったし、椿も父に対しては挙式へ向けて定期的に確認などの連絡を入れるだけで、プライベートな話はしていない。

何より椿の父は、そんなことは知る必要がないと思っていた。その為、自分から鳴上や椿に、婚約までの経緯を聞くこともなかった。

この日、鳴上は椿の姉たちと親睦を深める為に、椿のマンションへ初めて訪問することになった。

姉たちは、先に着いているらしい。

土曜日の午後、時刻はあと十分ほどで十四時半になる。

休日なのもあって、商業施設を併設した駅は行き交う人で混雑していた。

九月といえどまだ残暑が続いていて、気温はピークには三十度近くになっている。

ここから次第に季節が移行していくとは信じ難いが、見上げた空だけは秋を思わせるように高く見える。

しかし、繁った街路樹は強い日差しを受けて白いアスファルトに濃い影を落とし、夏を惜しむようにどこかでまだ蝉《せみ》が鳴いていた。

遠くを見れば、車の通行が途切れた道路の上でゆらゆらと熱い空気が揺れている。

まさに残暑、といったところだ。

麻のサマージャケットに白いTシャツ、テーパードパンツという涼し気な服装に身を包んだ鳴上は、椿の暮らすマンションの最寄りの駅に降り立っていた。

あと二ヶ月もすれば、こんな暑さを懐かしく思うくらいに、秋が深まっているはず。

そしてその頃には、鳴上と椿の挙式が行われる予定だ。

今はその、十一月頭に行う挙式に向けて急ピッチで準備を進めていて、先日、椿のドレス選びが終わった。

一緒にドレスコーディネーターのもとへ行けない時には、鳴上の代わりに姉二人が椿に付き添いドレス選びを進めてくれていた。

ドレスを試着した椿の写真を何枚も撮り、途中経過として椿のスマホから鳴上に送ってくれる。

照れた顔、すました顔、笑った顔。

学生時代には長い前髪に隠れて見られなかった、椿の表情だ。撮っているのが仲の良い姉だからだろうか、自分と一緒の時よりもリラックスして楽しそうに見えていた。

鳴上は仕事のキリがいいところで必ずそれらを確認し、メッセージを送り、通話などをしてフォローした。

椿の姉二人とは両家の顔合わせの時から数度会っているが、今日のように時間を作りゆっくり会うのは初めてだった。

一卵性双生児で、そっくりだけれど服装の趣味は正反対。

長女のあやめはアナウンサーのような清楚《せいそ》系で、次女の牡丹はモード系の個性的なファッションを好んでいる。

二人とも背が高くどこか凄みのある美人で、スタイルもかなり良い。

椿とは六歳離れているからか、妹を思い切り可愛がっているようだ。

その分、最初は鳴上をかなり警戒していたらしい。しかし椿から詳しく話を聞いて、すぐに優しく接してくれるようになった。

今日は椿から気を遣わなくていいと言われたが、夫となる者が手ぶらで訪問する訳にはいかない。

なので、訪問の前に手土産を買ってきた。

女性が好きそうなショコラティエの店の、美しい宝石のようにひと粒ずつショーケースに並ぶチョコレートだ。

まだ暑い最中、チョコレートはどうかと悩んだ。

涼し気な水菓子の方がいいかもしれないとも考えた。

しかし店頭にディスプレイされた、高級感溢れる品の良い箱。そこに並ぶ、ルビーやサファイアのように美しいチョコレートのさまに、目が釘《くぎ》付けになってしまった。

足を止め、しばし眺める。

(上之園さんは、こういったチョコレートや凝ったラッピングは好きだろうか)

夏のような気温にもかかわらず、その店は女性客で賑わっている。

鳴上もその様子につられ、ふらりと店に入ってみたのだった。

店内は白と黒を基調としており、宝石店を思わせるような、シンプルながらも主役のチョコレートが映える煌《きら》びやかな空間になっていた。

そして思わず味を確かめたくなる、甘い匂いに包まれている。

秋の新作が出たばかりらしく、栗《くり》やサツマイモ、それにコーヒーや、月を思わせる形をしたオレンジのフレーバーチョコレートなどがショーケースに陳列されていた。

ひと粒ごとにそれなりの値段はするが、きっと椿は喜ぶだろうと鳴上は想像する。

椿の部屋に上がるのは今日が初めてだ。

たまに外食や挙式の準備で一緒に出掛ける際、車で送迎はする。けれどいつも椿を自宅のマンションの前で降ろし、そのまま帰っていた。

椿は文句のひとつも言わず、笑顔で手を振って見送ってくれる。

愛するということがわからない自分のせいで、この先寂しい思いをさせるかもしれない分、良い物を身に付けさせたいし、食べさせてもあげたい。

それに今日は、椿の姉たちにも久しぶりに会うのだ。

(夫らしく、格好つけさせてもらいましょう)

鳴上は店員に声を掛け、ショーケースに並んだチョコレートを全種類数個ずつ包んでもらった。

保冷剤がしっかり入れられた、チョコレートの入った紙袋を受け取って店を出る。

駅まで迎えにきてくれると言った約束の十分前に、椿は現れた。

Vネックのノースリーブサマーニットにサンダル、細身のスキニーといった普段会うよりもカジュアルな服装だった。

「先輩、お待たせしてすみません!」

鳴上の姿を見つけ、小さく手を振りながら小走りで駆け寄ってきた椿の頬は、上気して赤くなっていた。

「待ってないですよ。今、着いたところです。もしかして走ってきたんですか？」

「絶対に先輩なら十分前にはきてると思いまして。ただ、バタバタしていたので日傘を忘れてしまいました」

夏の名残りの日差しに、いつもは隠された椿のむき出しの首元や肩が白く光る。

それがやけに眩しく見えるのが、不思議だ。

そして次第にじわじわと、わずかに胸の奥底にわいた、独占欲に似た感情に戸惑い始める。

幼かった頃に育った施設で、寂しさやわがままを心のなかで押し殺す寸前の……もやもやするあの時の気持ち。

大人になり、ある程度の欲しい物は自分で手に入れられるようになったにもかかわらず、いつまでもなくならない虚しい感情がなぜか刺激されている。

（なんだ、この変な感じ……）

気付きたくない、死ぬまで知らないふりをしていたい。

鳴上は椿になるべく日差しが当たらないように、さりげなく街路樹が作るささやかな日陰に誘導し、気持ちを切り替えようとした。

「今日は私の姉たちに会う為に時間を作って下さって、ありがとうございます……先輩？」

再会した時から数ヶ月が経ち、笑顔を見せてくれるようになった椿の顔を思わず凝視してしまう。

「……汗が目に入ってしまいます」

そう言って鳴上は自分のハンカチで、そっと椿の額や頬を拭った。

椿は恥ずかしそうにして、視線を泳がせる。

本当はハンカチで拭ってやるほど、汗などかいてはいなかった。

ただ。

ただ、何か椿に触れる理由をつけるなら、今はこれが一番、自然なものだったというだけだ。

（どうしていきなり、触れてみたくなったんでしょうか）

ハンカチの布越しに感じる柔らかさ。ほんの少しだけ力を込めて押すと、薄そうに見えた頬肉はぷにぷにと弾力があった。

女性にこんな風に触れるのは初めてだが、これは離し難い何かがある。

さっきまであっちを泳いでいた椿の視線が、戻ってきた。

大きな目が、鳴上を映す。

「私、結構汗っかきなんです。すみません」

椿の思わぬ謝罪に、鳴上の心は罪悪感でちくりと痛む。

失礼な行動だった。普段から椿が気にしている、デリケートな問題だったのかもしれない。

それを自分が触ってみたいという衝動のままに、適当に理由をつけてしまった。

ちくり、ちくりと胸が更に痛む。

「こんなに拭ってもらうほどなんて……みっともないですよね」

ぐさりっ。

今度は急所にダイレクトに刺さった。

鳴上は慌てて手を引っ込めた。椿は申し訳なさそうに佇《たたず》んでいる。

「ち、違うんです。全然、汗なんて気になるほどかいてなくて……いや、どれだけかいても全く問題ありません！　むしろご褒美？ですから！」

「えっ」

「……ん？」

鳴上は椿に、汗なんてかいていなかった、もしかいていても自分は気にならないと言いたかった。

実際、鳴上はそんなものは本当に気にならない。人間の代謝なのだから、個人差はあれど謝るものではないと思っている。

ただその言い方は何だか〝汗をあまりかかない人間〟からの上から目線のように思えたので、本当にそのままで構わないということを伝えたかった。

なのに冷静さを欠いた頭は性癖大暴露のような文章を突如組み立て、再考する間もなく、口はストレートにそれを伝えてしまった。

「あっ……あの、すみません」

嘘をついて触って、傷つけてしまって申し訳ない。そんな気持ちも、その言葉にはのっていた。

椿が目を丸くするから、鳴上は年甲斐《がい》もなく叱られる前の子供みたいに小さくなってしまった。

一瞬の沈黙が、二人の間に流れる。

この暑いなかどこからやってきたのか、ひやりとした気持ちの良い風が二人の側を駆け足で吹き抜けていった。

学生時代よりずっと短くなった椿の前髪が、少しだけ汗で額に張り付いている。

街路樹の重なり合った葉がさわさわと揺れて、木漏れ日がそれを照らした。

「……大丈夫です。フェチはきっと誰にでもありますから……私にもありますし」

「え、フェチですか?」

椿がごにょごにょと「私にも」と言った気がするが、それより突然飛び出したフェチ発言に驚いた。

「先輩が、汗がお好きだってことは生涯誰にも言いません。秘密ですよね」

話が思わぬ方向に、追いかける間もなく全速力で転がっていく。

「や、あの……!」

早く弁明しないと性的に、ものすごく汗が好きな人間だと思われてしまう。

鳴上は慌てて違うと否定しようとしたが、椿の表情を見て黙ってしまった。

心の底から、ホッとした顔をしていたのだ。

「私、汗っかきだからいつも気にしていたんです。メイクは崩れてしまうし、緊張すると余計に……」

にこっと、嬉しそうに笑みを浮かべる。

「でも、先輩の前ではあまり悩まなくていいのなら、私はとても安心しました」

それを聞いた鳴上にはもう弁明しようだとか、そういった考えはなくなっていた。椿が自分の前でなら、気にしていた汗をかいても構わないんだと安心してくれる。夫として、ここはとても大事な局面なのだ。人を愛する才能がない自分に嫁いでくる椿に、せめて居心地の良い場所を用意してやりたい。

(上之園さんが安心してくれるなら、なってやりますよ。フェチってやつに)

「……そうです。自分の前では、気にしなくていいんです。そのまま、自然にしていて下さい」

椿の為に恥も外聞もプライドもかなぐり捨てた、汗フェチの鳴上詩郎がここに爆誕した。

「はいっ！　あっ、でも、私に先輩好みの汗がかけるか、わかりませんので……いいなと思った時には挙手で教えて下さい」

「……きょ、挙手？」

「そうです！　これから妻として……わ、恥ずかしいな。えっと、妻として少しは先輩の役に立ちたいので、参考として是非に」

妻、というフレーズがよっぽど照れるのか、椿は顔を真っ赤にして手でパタパタと扇ぎ始めた。

役に立ちたいとは？　いい汗とは？　参考だって？

その時だった。つう、とひと筋の汗が椿の細い首元へ流れるのが見えた。

玉のような汗が、椿の綺麗に浮いた鎖骨の窪《くぼ》みに向かって流れる。

思わず指先を伸ばして掬《すく》ってみたくなるような、魅惑的な情景に見えた。

意識をしたら、目が離せない。

(これはこれで……もしかして、ありなんじゃないか？)

鳴上は自分でも驚くほど流れるようにすうっと挙手をし、椿は耳まで顔を赤くした。


椿の暮らすマンションは、駅からすぐ近くにある。

二人はなるべく木陰を歩きながら、マンションへ向かっていた。

「……しかし、こんな良い立地で新しめのマンションをよく見つけましたね」

「お恥ずかしながら、私ではなく姉たちが見つけてくれたんですよ。正確にいえば、
あやめちゃんの旦那さんの知り合いの、持ち家のひとつなんです」

長女あやめの夫はアメリカ人で、アメリカ大使館に勤務している外交官だ。

「セカンドハウスでしょうか」

「そうみたいです。不動産投資用に購入したのだと聞いています。知り合いだからと、この辺りの相場のお家賃よりずっと安くして下さって」

普通だったら、九時五時で働くいわゆる昼職の若い会社員が、自分の給料だけで借りられる物件ではない。

「姉たちが、とにかく防犯を重要視したんです。駅近でオートロック、本当は女性専用の物件が良かったらしいんですが、それは難しかったみたいです」

それでも、今暮らすマンションは新築オートロックで二十四時間管理人が在中してくれている。

防犯カメラの数が多く、交番にも近い。

「自分のマンションも、防犯面の条件は満たしていますね。引っ越しの前に一度、お姉さんたちに見にきてもらいましょうか」

婚姻届の提出を済ませ挙式が終わったら、椿は鳴上のマンションへ引っ越す予定になっている。

鳴上が暮らす高級マンションは、ファミリー層向けの部屋数が多いタイプだ。将来、自分が海外へ出たあとは貸すか、売りに出そうと考えていた。

そんな話をしているうちに、椿の暮らすマンションへ着いた。

綺麗で広いエントランスを通り、エレベーターに乗り込む。

四階で降りて、廊下を進んだ一番奥が椿の部屋だ。

「今日、ひとつだけ先輩に頑張って欲しいことがあります」

部屋に着く手前で、椿は鳴上を見上げた。

「なんでしょうか？」

「あやめちゃんと牡丹ちゃん……姉たちにお酒をすすめられても、やばいと思ったら適当に言い訳して逃げて下さい」

「やばい、とは」

「姉たちは、とにかくお酒が大好きです。今日は夕飯の時に先輩と飲めると、とても楽しみにしています。ただ……」

今日は椿の部屋でお茶をしたあと、四人揃って夕飯をとる約束だ。

椿が腕を振るうと言っており、事前に食の好みやアレルギーの有無を聞かれていた。

夕飯時に酒が出てくる場合もあるかと、鳴上はこのあとのスケジュールも完全にオフにしてきている。

「あの二人は鬼です。強要はしませんが、こちらが大丈夫だと言い続ける限り酒盛りは続きます。二人は場を盛り上げるのが上手いので、加減を忘れ気持ち良く飲んでしまうんです。でもやばい、潰れそうだと判断したら、理由をつけて飲酒を断って下さい」

――翌日、二日酔いで地獄に落ちたみたいな酷い目に遭って、一日が潰れます。

椿はひと息で、はっきりと言い切った。

「わかりました、肝に銘じておきますね」

姉たちはお酒が好き。そう事前には聞いていたが、鳴上も普段から多少は酒を嗜む。第一、椿の姉たちは上之園のご令嬢。酒盛りと言っても、たかが知れているだろう。だからこの時、鳴上は椿の言葉を軽く流してしまった。

それが事前に天から地獄に垂らされた、救済という名の最後の希望。蜘蛛《くも》の糸だとは気付かずに。

「チョコレートもお酒のつまみになるのね、知らなかった！」

「このお店、混んでたんじゃない？　秋の新作が出たってテレビでやってたもの」

「椿、すごく喜んでたね。あの子ちっちゃい頃からチョコレート好きなの。鳴上くん知ってたんだ？」

ベージュ色で綺麗に塗られたネイル、その指先がルビーに似た艶《つや》やかな赤いチョコレートをつまむ。

「……たまたま店の前を通って……ディスプレイを見た時……椿さんが喜ぶかなって思いました」

実際、椿はそれはもう喜んだ。宝石箱のようだと讃《たた》え、ひと粒口に含む度に頬を緩めた。

「そうなんだ、嬉しいなぁ！　椿の為に選んでくれたんだね。あやめ姉ちゃんは嬉しい、じゃあ乾杯しちゃお！」

「わたしも混ぜてまぜて！　じゃあ、かんぱ〜い！」

あやめと牡丹に挟まれて、もう何度目かわからない、小さな出来事を祝う乾杯が繰り返される。

椿は早々に酔って眠ってしまい、寝室に運ばれている。

物をあまり置かないタイプなのか、想像していたよりもさっぱりとした部屋だった。

これなら引っ越しもすぐに済みそうだと、鳴上は部屋の様子をぐるりと見回す。

もしかしたら。急遽《きゅうきょ》実家を出ることになり、ここに越してきてから何も物を増やしていないのかもしれない。

そのくらいに、必要最低限の家具しかないシンプルな部屋だった。

「椿、鳴上くんが部屋にくるって緊張してたからね。普段食べないおつまみ作って用意してさ」

これは、牡丹の談だ。テーブルには椿が作ってくれたという、数々の軽いつまみが並んでいる。

どれも鳴上の好みに合うもので、それを伝えると椿はとても喜んだ。

喜んで、ぱかぱかと心配になるほど酒を飲み、にこにこしていたかと思えばぱたりと眠り込んでしまった。

「椿、いつもこんな感じよ？　しばらくは私たちに付き合ってくれるんだけど、酔いが回ると寝ちゃうタイプなの」

これは、あやめの談。姉二人は慣れたように、椿を寝室であろう隣の部屋へ引きずって運んだ。鳴上が手を貸す間もないほどの、手際の良さだった。

声を掛けたが、いつものことだからとやんわり断られてしまった。

それからも酒盛りは続いた。全く酔う様子の見られないあやめと牡丹に比べ、鳴上の酒を飲むペースは明らかに少しずつ落ちていった。

ちらりと確認した腕時計は、十七時を回っている。

ベランダから見える空はまだ明るいが、真夏のものとは違ってどこか寂しげだ。

太陽は地平に傾き、眩い橙色《だいだい》の光がこれから少しずつ夜を誘おうとしている。

鳴上は酒が回ってぼんやりとした頭でそれを眺めながら、かろうじて身を起こしている状態だ。

今ならわかる、椿が部屋に入る前に言った言葉の意味が。

（きてからずっと休まず飲んでる……。鬼、とは言い得て妙でしたね）

＊　＊　＊

二時間前のこと。部屋に入り姉たちと挨拶を済ませると、早速酒盛りが始まってしまった。

というか、姉たちは椿や鳴上の帰りを待たずに酒盛りを始めていた。

リビングの小さなテーブルの横には二リットルパックの日本酒やワイン、ウイスキーの瓶がずらりと並ぶ。

「あやめちゃんも牡丹ちゃんもすごくお酒に詳しくて、高級なお酒の利き酒《きざけ》も完璧に当てちゃうのに……なぜか安いパックのお酒が一番好きなんです」

鳴上が黙ったまま驚く様子を見て、椿は的外れなフォローをする。

驚いたのはそこではない、とは言い切れなくて、「そうなんですね」なんてわかった風な返事をしてしまった。

安い酒が好きなのはいい。問題はその量だ。酒瓶やパックの数は、ずらりと並んだキープボトルを連想してしまった。ここは居酒屋か？

何より、外で会った際の姉たちは、上之園家の品のある完璧な令嬢だった。

それがこんな風に砕けて……ここにいるのは本当に本人たちなんだろうか。

「質より量が大切なのよ？　高い酒は有り難がって飲むと酔えないんだもん」

「企業努力に感謝だよ！　お手頃で味も妥協点、大容量のパック酒大好き！」

笑顔も声も、椿の姉たちに間違いなかった。

「確かに美味しいけどさ、一度に人間が飲み干す本数じゃないんだよなあ」

椿は姉たちに呆れながらも、鳴上を座らせるとキッチンから次々とつまみを運んだ。

夕飯時かそのあとに出そうと、あらかじめ準備してくれていたものだ。

その騒がしくも楽しい様子に、この部屋のなかでは三姉妹は取り繕わず自然体でいられるのだと、鳴上にもはっきりとわかった。

「あやめちゃん、牡丹ちゃん。先輩には絶対に飲ませ過ぎないでね。ていうか、なんで夕飯まで待てないの！」

「だって、楽しみ過ぎたんだもん。ゆっくり鳴上くんと話すの初めてだし？」

「そうそう、ちょーっと緊張しちゃうから、リラックスする為に。ねえ？」

姉二人は双子らしい連携プレーで、椿を黙らせてしまった。


そうしてひと時も休むことなく酒盛りは続き、今に至る。

寝落ちした椿はいつ起きてくれるかわからない。

双子は全くペースを落とさず、二リットルの酒パックを順調に空けていく。

しかも椿が言った通り、話し上手の二人が語る話は仕事面において興味深いものばかりで、グラスを傾けながらついつい聞き入ってしまった。

椿がこのまま起きてこなかったら、夕飯の予定はどうなるのだろう。

エアコンの適度にきいた部屋、ベランダから差し込む夕暮れの柔らかな光。気持ち良くて横になってしまいたいのを、鳴上は耐えていた。

その時だった。

「鳴上くんはさ、椿に婚約者がいたって話は知ってるよね」

さっきまでの明るい声色ではなく、落ち着いたあやめの声だ。

鳴上は、今までとは空気が変わったのを瞬時に感じ、閉じてしまいそうだった目をしっかりと開いた。

「……はい。お相手の名前などは聞いていませんが、そういう方がいたのは伺っています」

渇いた喉が張り付いていた。手元のグラスはワインで満ちているが、ないよりマシだろうと一気に呷った。

「じゃあ、婚約破棄された理由とかは？」

あやめも牡丹も、じっくりと鳴上の出方を見ている。

一挙手一投足、何も見逃すまいとする眼差しだ。

「つまらない女だと、そう言われて婚約を破棄されたと聞いています」

椿本人が自分にそう言ったのだから、きっと姉たちにも同じように伝えているはずだ。

本当はオブラートに包んで言いたかったが、それは今、酒で溶けてしまっていた。

「……相手、鳴上くんならもう調べたでしょう」

どきりとした。

図星だった。イタリアンバルで椿の決意を改めて聞いたあの夜から、鳴上は元婚約者が誰だったのかを調べていた。

相手は、とある大物政治家の次男だった。

長男はその地盤を継ぐ為、父に付いて回っているが、次男は違った。

政治家になる為の素質に乏しく、口利きで仕事をさせてもすぐに辞め、女遊びも酷かった。

そんな持て余し気味の次男に嫁をあてがい、落ち着かせようとした結果の椿との婚約だったらしい。

しかし次男は一方的に椿に難癖をつけて捨てた。

「……馬鹿な男だと思いました」

これは、正直な鳴上の感想だった。

虎の威を借る狐《きつね》は、自分を本物の虎だと思い込んでいる。

狐は馬鹿な物差しを椿にあて、いとも簡単にぽいっと捨ててしまった。

はにかみながら笑う顔など、きっと一度も見たことがないまま。

「わたしたちは、鳴上くんには馬鹿になって欲しくないの。理由はどうあれ、椿を一生側に置くなら大事にしてあげてね」

「椿が決めて、選んだ人だからね。わたしたちは何も言わない。けど、たとえあの子を愛せなくても、世界で一番大事にしてあげてね」

あやめと牡丹は、そう念を押した。この結婚の経緯を、椿は姉たちには全て話したと言っていた。

姉たちは心配し、結婚をやめさせたいと思ったかもしれない。けれど、鳴上を選んだ椿の決意を尊重しているのだ。

鳴上には、二人の眼差しからそれが痛いほど伝わっていた。

「大丈夫です。絶対に大事にします」

短く、これしか返せなかったが、あやめと牡丹は安心したように目に涙を浮かべた。

椿の身に起きた婚約破棄は、当人やこの姉たちをも深くふかく傷つけたのだ。

椿を大事に、大切にしなくては。

「じゃ、お祝いに乾杯しようか！　鳴上くんから言質《げんち》もしっかり取れたしね」

「賛成～！」

先ほどワインを飲み干したグラスに、今度は焼酎がなみなみと注がれていく。

とても断る雰囲気ではなく、半ばやけくそで進んで音頭をとった。

流し込んだストレートの焼酎は喉をチリチリと焼き、胃の辺りがカッと熱くなる。

吐き気はしないが、目がぐるぐる回り始めた。

「冷えたお水飲む？」

牡丹がミネラルウォーターのペットボトルを差し出してくれた。

バキバキと音を立てて蓋を開け、息つく間も惜しむ勢いでそれを飲み干す。

「はぁー……」

全身が脱力する感覚、そのまま身を任せると途端に眠気に襲われ意識を失った。


懐かしい夢を見ていた。

育った施設で、鳴上は窓辺から月明かりが差し込むのを布団のなかから見ていた。

いつもならカーテンを閉めて就寝するのに、同部屋の誰かがふざけて開けたまま寝てしまったようだ。

そのまま朝を迎えると、日が昇ると同時に部屋に光が溢れ、早い時間から目が覚めてしまう。

けれど気怠い体を起こしてまでカーテンを閉めに行く気にはなれず、中途半端に覚醒したまま青い光が差し込む方を見ていた。

窓の向こうには家庭菜園をする大きな花壇があり、その先は高い塀になっている。

夜になると気温が幾分か下がるのでエアコンは消され、網戸から入る夜風で涼を取っていた。

昼間、熱い日差しに焼かれたアスファルト。

まだまだ実を成す、キュウリや茄子《なす》、トマトの苗の葉。

夜になり放出される色々な夏を混ぜた匂いのなかに感じる、ここにきて二度目の秋の気配。

夏が終わり、季節が秋に移るこの時期が好きではなかった。

日を追うごとに早く訪れる夕暮れ、半袖ではたまに肌寒く感じてくる季節、園庭にいるとどこからか漂うお腹を減らすカレーのいい匂い。

足元から伸びる、ひとりぼっちの黒く長い影。

鳴上には世界のどこにも、自分の居場所はここだと思えるところがない。

泣き喚き地団駄を踏み、道やスーパーでひっくり返り母親に抱き上げられる子供が信じられなかった。

そんなことをしたら、母親からぶたれる。

その母親が死んだ今は、忙しい職員に迷惑を掛けてしまう。

職員は皆優しいけれど、施設にいる子供たち全員の〝お父さん〟と〝お母さん〟だ。

そして職場である施設から帰宅したら、きっと特別な自分の子供や家族がいるのだろう。

もしも自分がここで嫌われたら、施設を追い出されてしまうかもしれない。それはとても恐ろしいことだ。

幼い鳴上は寂しさやわがままを押し殺し、自分の布団のなかだけで泣くのが上手くなっていた。

もっと安心できる、不安にならなくて済む居場所が欲しい。

漠然とそう思い続けていた時、朗報が入った。

『青い月の裏側は、どれだけ長生きしても見られないらしい』

地球から見える月面は、常に表側だけなのだと。

地球と同じように、月も自分でくるくる回りながら、太陽の周りを大きくぐるりと回っているのが理由だという。

それを同じ施設で育つ、信用のおける高学年の小学生から聞いた時。

五歳の自分には「回りながら、回る？」と理解が追いつかなかったが、いつかその、地球からは絶対に見えないという月の裏側に行ってみたいと思った。

どうせどこでもひとりなら、遠く離れた誰にも見つからない場所で暮らしたいと思った。

野菜の苗の世話は得意だし、洗ってそのますぐに食べられるから、ご飯の心配はいらない。あの、青く美しい月で育てた、真っ赤で大きなトマトに齧《かぶ》りつくのだ。

それと、月の裏側からしか見えない星には、近所から施設に遊びにくる猫の名前をつけよう。

ひとりでも平気、大丈夫。何度も自分に言い聞かせる。

庭や部屋を青く照らす月の光は、静かにただ、鳴上の幼い心を慰める。

誰にもすがりつけない寂しさを、奥歯を噛《か》み締め拳を握って押し殺す。

夜の匂いがする。

昼間溜め込んだ熱を放出するアスファルト、乾いた空気。

夜の匂いに、知らない声が聞こえた。

冷たい指先が、寄った眉間のシワを伸ばすように動く。

それがくすぐったくてちょっと笑うと、寂しかった気持ちが陰に隠れた。

知らない声は、「先輩」と呼ぶ。

……なんだ、これは知っている声だ。

いつも下を向いて、本を読んでいた女の子。

たまに長い前髪から覗《のぞ》く大きい目が印象的で、施設に遊びにきていた猫に似ていると思った。

だからこの子が驚いて逃げないように、あまり声を掛けずにそうっとしておいたんだった。

「……かみのその……さん？」

重い瞼を開けると、鳴上の顔をそうっと覗き込む椿と目が合った。

「……先輩、大丈夫ですか？　少し魘《うな》されていましたよ」

身を起こさないまま辺りを見ると、間接照明だけで照らされた椿の部屋のリビングだった。

床に並んだり転がったりしていた酒のパックや瓶は、綺麗になくなっていた。

薄暗いリビングに、開け放たれたベランダから風が柔らかく吹き込んできている。

しばしその風を感じながら、黙って頭の整理をする。

姉たちと最後の乾杯をしたあと、目が回って、冷えた水を貰った。

それが美味くて……もっと欲しいと思ったのに。

床に横になって、そのまま眠ってしまっていたらしい。

清潔なタオルケットが体にかけられていて、いつの間にかクッションが頭の下に敷いてあった。

テレビもついていない静かな部屋に、あやめと牡丹の気配はない。

きっと先に帰ったのだろうと、鳴上は見送りもせず寝入ってしまった自分にため息を吐いた。

「すみません、初めてお邪魔した部屋で眠り込んでしまって……」

腕時計を確認すると、既に二十一時を過ぎている。

「いいえ、こちらこそ。いきなり酒盛りになってしまってすみませんでした」

鳴上が上半身を起こすと、椿はすかさず背中に手を添え、ペットボトルの水を差し出した。

「お姉ちゃんたちから先輩にってタクシー代を預かっているので、帰りに呼びますね。どうですか、気持ち悪くないですか？」

気分の悪さはない、眠ったことでだいぶ回復したようだ。

貰った水に口をつけると、するすると喉を通っていった。

「先輩ってお酒強いんですね。私は楽しくて飲み過ぎてしまいました、先に戦線離脱してしまってごめんなさい」

椿が申し訳なさそうに謝る。

「とんでもない。上之園さんの忠告をちゃんと聞いていたら、もっと上手く立ち回れたのだと思います。なので、自分もすみませんでした」

二人で顔を見合って、笑い出す。

「夕飯、食べられます？　用意は一応してあるんですが。　持って帰りますか？」

カツカレーなんですけど、と椿が申し訳なさそうに言う。

カツカレーと聞いて、鳴上の腹は急に空腹を訴え出した。

いつか雑談をした時、自分はカツカレーが好きだと椿に話をしていたのを思い出した。酒盛りがほどほどで済んでいたら、四人での夕飯はこのメニューだったのだろう。

口が、胃が、心が、今猛烈に椿のお手製カツカレーを求めている。

「いただきます。　結構、腹減ってます」

じゅわじゅわと、豚カツが熱い油のなかで泳ぎ揚がり始めている。

キツネ色になるまでもう少し、コンロにのせられたカレーも温め直されて準備万端だ。

鼻をくすぐるスパイスの香りが、食欲を更に刺激する。

「ご飯もたくさん炊きましたからね、好きなだけおかわりして下さい。ていうか、先輩は座っててていいんですよ？」

鳴上は椿の隣で、豚カツが揚がるのをじっと見ていた。

意図のわからない鳴上が「え」と小さく声を漏らす。

椿は思い切り背伸びをし、鳴上の首に手を回して強引に引き寄せる。

そうして、ちゅっと形のいい唇の端に口づけた。

ブーケを持ったままだったので、鳴上の髪に花がかぶる。まるでそれが花冠みたいで、綺麗な鳴上によく似合うと目を細めた。

チャペル内はどよっと声が上がり、招待客らは手を叩いて、予想外の椿の行動を喜んでいる様子だ。

「……緊張、なくなりました？」

鳴上の瞳に浮かんでいた〝不安〟を、椿は〝緊張〟と言い換えた。

椿の心臓は破裂寸前にドキドキしている。

驚き茫然としていた鳴上だったが、椿からのキスで世界が鮮明になり覚醒した。

さっきまでの不安は吹き飛び、じわじわ湧き上がる愉快な気持ちが心地良い。

形式ばかり気にしていたが、それを椿が気持ち良く壊してくれた。

「……はは！　〝王子様〟からのキスで、今さっぱりと目覚めた気分です」

「先輩はさしずめ、〝お姫様〟ですね」

自分が自然に笑っているのに気付いて、鳴上の気分は高揚していく。

椿の言動は予想外のことばかりで、きっと一緒に生きていったら楽しいに決まっている。

今更不安がって、こんな時に気を遣わせて……どんなお礼を返したら良いのかと想いを巡らせる。

それにはまず、さっきのキスじゃ足りない。

「自分からも、格好良くキスさせて下さい」

目をまん丸にして驚く椿をお姫様抱っこし、慌てる赤く可愛らしい唇にキスをする。

瑞々《みずみず》しい果実を味わうように何度か食《は》んでから、そっと離した。

チャペルを揺るがすほどの盛り上がりに、神父はやれやれと苦笑いを浮かべた。

抱っこされたままの椿はもう顔から全身から、赤くうっすらと熱をまとい声も出ない様子だ。

あんなに大胆な行動に出たかと思えば、今は動けないで、腕のなかで大人しくしている。

そんな椿に鳴上の心は満たされて、誰もが見惚《みと》れる、蕩《とろ》けるような眼差しを向けた。

披露宴には、山乃井社長ももちろん招待していた。

家電などは鳴上のマンションにあるので処分し、衣類やドレッサーなど必要なものだけを持ってくると伝えられていた。

そうして、ひとり暮らしの際に使っていたであろうベッドが運びこまれてしまった。

当たり前だ、そういう話だったのだから。

鳴上は自分の寝室に用意したキングサイズのベッドの存在が猛烈に恥ずかしくなり、今すぐ消し去りたいと思ってしまった。


週末、椿は新生活で買い足す物があるといって、姉たちとランチを兼ねて出掛けている。

自分が部屋にいると帰りの時間を気にしてしまうと感じ、鳴上は弟である鳴上樹月《いつき》と会うことにした。

自分と六歳離れた樹月は今、大学四年生で、卒業後は鳴上商事に入社する。

そしてそのまま堅実に経験を積み、将来的には会社を継ぐことが決まっている。

社長である父は鳴上にその座を譲りたいと考えていたが、海外に出たいと願う息子の想いを尊重した。

樹月はそれを聞いて、兄がそう言うならと受け入れた。

入社の前祝いとして、以前から社会人になった時にはつけたいと言っていた時計をプレゼントするからと、銀座《ぎんざ》まで呼び出した。

それに聞いてもらいたい話も、あった。

時計を買ってもらった樹月は上機嫌で、お返しにお茶を奢《おご》ると言って鳴上をカフェへと誘った。

ビルの二階にあるチェーン店のカフェは、買い物袋を抱えた客で賑わっている。

クリスマス限定メニューなどがあることを知らせるポスターが貼られ、よく聴けばBGMまでクリスマス仕様だ。

ちょうど空いた窓際の席を取り、カウンターでのオーダーは樹月に任せた。

樹月は鳴上の養父と養母の間に生まれた実子であり、戸籍上では弟である。

そして樹月もまた、鳴上とは系統は違うが容姿に恵まれている。

血の繋がらない兄弟だが、美形という点は共通していた。

子供の頃から野球を続けている為、がっしりとした体つきに成長している。

ポジションがキャッチャーだからか、存在感があり、余計に大きく見える。

長身に黒髪短髪。鼻は高く、少し垂れた目で笑うと更に甘い顔つきになる。

スポーツマンゆえ礼儀正しく、誰からも愛される要素が備わっていた。

樹月にしてみれば、血が繋がっていないとはいえ、鳴上は物心ついた時にはもう自分の側にいた。

鳴上が距離を取ろうとしても、追い回して慕ってくる。結局、鳴上も樹月にだけは昔から多少、心を開くこともあった。

樹月は兄のことを、とても好きだった。

「お義姉さんとの新婚生活、どう?」

トレイに二つ、温かい飲み物をのせて樹月が戻ってきた。

席に着くとホットカフェラテは手前に、ホットコーヒーを鳴上に差し出した樹月がにんまりと笑う。

「ケンカとかはしないですね、まだそれほど仲良く……ないのかもしれない」

「まぁ、始まったばっかりだもん。いきなり結婚します、てさ。ケンカとかはもっと仲良くなってからじゃない?」

椿との結婚に至る経緯を、鳴上は全て両親と弟に話していた。

自分を助ける為に椿がプロポーズをしてくれて、それを受けたこと。

後日、『自分には、人を愛する才能がありません』とはっきり伝えたが、それでもいいと言ってもらえたこと。

お互いを縛らないルールを決めた、いわゆる契約結婚という形になったこと。

椿が一般家庭の娘だったなら、鳴上は経緯を伏せた。しかし、あの上之園家の娘だ。万が一何か不測の事態があった時……ないようにはするが、そういった事態になった時に知らなかったでは済まされない。

椿を大事にして何事も上手くやるつもりだが、ひと癖もふた癖もある上之園家に加え、山乃井社長のような取り巻きの存在もある。

全部言ってしまった方がいいと、椿に全てを話す了解を得た自分は結婚の意志を固めてすぐ、久しぶりに実家に帰った。

結婚報告とその事情に両親はとても驚いたが、合理的な面が強い息子の行動に反対はしなかった。

逆に、椿に恥をかかせなかったことを大いに賛辞して、鳴上をぽかんとさせた。

鳴上は結婚を反対された時の為に、両親に対してもこの婚姻におけるメリットの話をするつもりだった。

しかし、そんなものがなくても両親が喜んでくれたことに驚いた。

両親は鳴上から、人を愛することが苦手だと学生時代にカミングアウトされていた。

鳴上夫妻は施設にいた鳴上を見つけ出すのに時間がかかってしまったが、手元に置いてからは大事に育てた。

養子だということを隠さなかったのは、そのままの鳴上を大切にしたかったからだった。

引き取った自分たちが隠してしまったら、自分の出自は良くないものだ、隠さなければならない恥ずかしいものだと鳴上自身が思ってしまう。

生まれたことだけは恨まぬよう、大切に接してきた。

両親にも一線を引く子供が、愛がわからないと言った息子が、成り行きとはいえ結婚することに涙したのは秘密だ。


カフェのカウンターでコーヒー豆がマシンで挽《ひ》かれる度に、店内に鮮烈で濃厚な豆の良い香りが広がる。

樹月は結婚の経緯を打ち明けられた際、何か心情面で困ったことがあったら相談するようにとこっそり兄に伝えていた。

そして鳴上が今日、樹月を呼び出したのは。まさにその心情面で困っていたからだった。

藁《わら》にもすがる思いというが、鳴上はどっしり構えた弟に、こっそりとすがることにしたのだ。

「……樹月は、あの、人を好きになったことがありますか？」

樹月は口に含んだ熱いカフェラテをそのまま吹き出しそうになったが、かろうじて耐えた。

そんなことをしたら、兄は何も話してくれなくなるからだ。

（父ちゃん、母ちゃん！　にーちゃんが恋の話を……！）

鳴上はそういった類の話を今まで一切しなかったし、こちらからさりげなくふっても体《てい》良くスルーされていた。

だから、これは本当に貴重なことなのだ。

「野球ばっかりやってたけど、彼女はできたこともあるよ。僕から告白した」

喜びを悟られぬよう、軽い感じで答えながらびしっと親指を立てると、鳴上の目の色が変わった。

「それは、どうやって……どうやって自分がその相手に好意を持っていると、気付いた？」

「それって、どうしたら、自分がその人のことを好きだなぁって、ちゃんとわかるのかってこと？」

鳴上が、無言で頷《うなず》く。

（結婚式であんな風にお義姉さんにキスしておいて、にーちゃんはまだ自分の気持ちに気付いていないのか）

樹月は腕を組んで考えた。

今まで好きだと思った何人かの女の子の顔を思い出しながら、そのきっかけを思い出から探り出そうとする。

顔が可愛かった子。話すと面白かった子。樹月の周りにはたくさんの女の子がいて、それぞれに友人という名前の縁があった。

けれど、そこから好きな人になったのは、これまでの人生で数人だけだった。

それは、どんなきっかけだったか。

好きだと感じた時、どんな気持ちだったか。

「……なんとなくだけど、思い出してきた」

「それを、教えて欲しいんです。どうだった？」

樹月はカフェラテのカップを手に取り、窓辺から眼下を行き交う人々を眺め始めた。

家族や恋人、友達同士、ひとり。たくさんの人間が楽しげな顔をして、キラキラとしたクリスマスムードのなかを歩いていた。

「多分、最初はめっちゃこわくなった」

鳴上はその言葉に対して神妙な顔をしたが、樹月の視線は眼下の人々から離れない。

自分に付きまとっていた幼い弟の横顔は、随分と精悍《せいかん》なものになっていた。

「こわい？」

「そう。僕ってね、結構モテるんだ。けどちょっと気になるところもある。野球やってるから、尻の辺りが大きいところとか」

樹月の下半身は筋肉トレーニングの成果でかなりしっかりとしている。

「いいじゃないですか。デカい尻、男らしいです」

「まぁね。ただ、スーツのスラックスなんて、ちゃんと試着して選ばないと尻回りがパツパツなんだよね」

ちなみに今日穿《は》いているデニムも、何本も色んなメーカーやブランドのものを試着して探し出した一本らしい。

樹月は自分のパツパツ発言に笑いながら、視線を鳴上へと戻した。

「普段は全く気にならないし、筋トレやケアの成果だから失ったら困るんだ。大きく大切に育てたこの尻は、鳴上家の宝だから……だけどね」

鳴上家の宝だなんて初耳だが、あえてスルーする。

「だけど……？」

「好きな子ができると、この可愛い尻が突然コンプレックスに変わる」

鳴上は、一瞬よくわからなかった。

樹月が大事にしている、ましてや大きく大切に育てた自称宝の尻が突然コンプレックスになるなんて。

「好きの前に、何となく好ましいって段階があるんだよ。にーちゃんの好きなコーヒーだって、いきなりラブになったんじゃないでしょ？　いい香りがするとか、興味を引かれる段階があった訳じゃん？」

コーヒーと尻がどう繋がるのか。

「尻とコーヒーにどういった関係が？」

「例え話だってば。人間相手にもそういうことがあるの、興味を持つ段階ね。でね、そこで、あるきっかけがあって考えるんだよ……気になるあの子が、大きな尻が嫌いだったらどうしようって」

「きっかけって？」

「僕の時は、気になる子の元彼を知った時だった。にーちゃんみたいにシュッとした感じだったんだ。尻なんて小さくて脚もすらっとしててさ」

なんとなく樹月の言いたいことが、点と点を結ぶように線となり、少しずつ理解できてきた。

「樹月はその元彼と、自分の尻の大きさを比べた……？」

樹月の表情が、大正解だとばかりに明るくなる。

「そう！　気になる子の元彼はシュッとしてて、僕は違う。ちょっと落ち込んだりして、あれ？ってなるの。どうしてこんな沈んだ気持ちになるのかなってさ」

鳴上は考えた。

顎に手をあて、天井を仰ぎ見、唸りながら考えた。

落ち込む？　そこに、感情の気付きのきっかけがある……？

「……尻が小さい方が、その女の子が樹月を好ましいと思ってくれる確率が高そうだから？」

「そうっ！　当たり！　僕はその女の子に好かれたいって思って、初めて好きだって気付いたんだ。そこからはもう、雪だるま式に好きが大きくなってくの」

鳴上は、はっきりとこれだと確信した訳ではないが、なんとなく何かを掴めた気になった。

樹月は、自分の体験談では兄の悟りの手伝いには不十分だったことを空気で感じながら、帰宅をしたら両親に報告しなくちゃと浮かれている。

「ごめんね、僕が説明下手くそで。にーちゃん、よくわかんなかったでしょ？」

「いえ。きっとこういうものに正解はないのでしょう。樹月の話を聞けたのは、嬉しかったです。自分たち、今までこういう話はしませんでしたから……」

鳴上は、さめ始めたコーヒーに静かに口をつけた。

樹月は嬉しくて、にこにこしている。

「にーちゃん、また恋バナしようね。お義姉さんはさ、これからきっとにーちゃんのいいところをいっぱい知って、好きになってくれるよ」

「……そうでしょうか」

「そうだよ。お義姉さん、父ちゃんや母ちゃんにも優しいし、僕の尻も褒めてくれたし」

鳴上らしくなく、カチャンと音を立ててコーヒーカップがソーサーに置かれた。

「え……いつ？」

「何が？」

「いつ、いつ椿さんは樹月の尻を褒めたの？」

その不安そうな表情を見て、樹月はピンときた。

「それがいつかっていうのは一旦置いておいて、にーちゃん！　今、どんな気持ち？　お義姉さんが僕の尻を褒めたって聞いて、どう思った⁉」

鳴上の眼鏡越しの瞳が、潤んでいく。

初めて見る兄の表情に、樹月も目頭が熱くなった。

「……どうして褒めたの？って……なんで？って」

「うん、そうだよね。お義姉さんは、にーちゃんのお嫁さんだもんね」

鳴上は、うん、うん、と頷き、さっきよりもっと〝好き〟をわかってきたかもしれないと呟いた。

「……樹月、下半身の筋トレ方法を教えて下さい」

「教えるよ～、いっそ鳴上商事に社会人野球チーム作ろうよ！　一緒に野球やろ！」

「いや。チームを作るのは反対です。非常に良くありません……尻のライバルは増やしたくないので」

ライバルも何もない。椿は鳴上の妻なのだ。

しかし、そこがすっぽり抜けてしまうほど、今の兄は初恋の自覚に戸惑っている。

樹月はいつも素っ気ない態度を取りつつ自分を気にしてくれていた兄の昔の姿を思い出して、目元をごしごしと拭った。

三章

人工衛星から鉛筆まで。

商社で扱う商材は幅広く、よくこんな風に例えられる。

地球の外をぐるぐると周回する衛星に組み込まれた部品も、小学生の筆箱に詰められた何本もの鉛筆も、商材だ。

欲しがる人にはより多く買ってくれるように働きかけ、売りたい人には大量に仕入れるので安く買えないかと交渉をする。

欲しがる側と売りたい側の間に入り、信頼を得て交渉を代行し納期に間に合うように運ぶ。

商社なんて堅苦しい呼び名だが、【何でも屋】の方がうんとしっくりくると常々、鳴上は思っている。

有名企業のビルが建ち並ぶオフィス街、鳴上商事はこの都内の一等地に本社を構えている。

二十二階建ての近代的な高層ビル。他に日本に十五箇所、海外には八十箇所の拠点を持つ。

日用品から、金属や資源、化学製品といった様々を商材として扱い、海外ではインフラや資源エネルギー事業に注力している。

鳴上商事は、日本でも歴史のある商社のひとつだ。

鳴上が普段使っている副社長室は広く清潔で、至って実用的でシンプルな造りになっている。

綺麗に片付いた広いマホガニーのデスクの端に、最近小さな写真立てが置かれるようになった。

そのなかに鳴上と椿が並ぶ結婚式の写真が入っているのを偶然見た秘書が、驚いたのちに微笑ましく思ったのを鳴上は知らない。


その日、鳴上は早朝から忙しくしていた。

メキシコの取引先が一週間の観光がてら、挨拶にと本社にやってくるのだ。

その取引先というのは、主に自動車部品の工場をメキシコにいくつも持つ大会社。やってくるのは、鳴上より二十歳年上の三代目社長ミゲル・ガルシアと、会社の役員に名を連ねた家族たちだ。

大きな二台のバンをレンタルして、鳴上と秘書が自ら運転をして早朝の空港へ迎えに行く。

到着ロビーで一行を待っていると、遠くの方から英語で大きな声を掛けられた。

『鳴上、久しぶり！　今日は君が案内してくれるのか』

直接会った回数よりモニター越しのウェブ会議で顔を合わせることの方が多いが、ガルシア氏はいつもフレンドリーに接してくれる。

メキシコの男性勢は大柄だ。プロレスラーのような体形で恰幅《かっぷく》が良く目を引くし、そこに格好良くスーツを着こなして迫力もある。また、一緒にいる女性たちはそれぞれ華やかな装いだ。

そして子供たちはというと物珍しそうに、あちこちをキョロキョロ見回している。

彼らはこの総勢十二人の大所帯で、日本へやってきた。

鳴上はまず全員の顔を見回して、英語で挨拶をする。

『お久しぶりです。ご家族の方々にもお会いできて嬉しいです』

そう言ってにこりと笑うと、ガルシア氏の家族は『よろしくね！』『楽しみにしていた』と明るく返してくれた。

『今日は冥土《めいど》の土産を買うなんて言って、ひい爺《じい》ちゃんまできてくれたんだ。なぁ、ひい爺ちゃん！』

今は役員に名前を連ねてはいない、前会長がにこにこと黙って手を振る。

皆と比べると細身で小柄だが、目にはあの大きな工場の元になった会社を興したというプライドがこもっていた。

『初めてお目にかかります。鳴上商事副社長の、鳴上詩郎と申します』

今度はスペイン語で挨拶をする。すると、ガルシア氏の曽祖父は笑顔になり『スペイン語が話せるのか！』と饒舌《じょうぜつ》になった。

メキシコはスペインの植民地だった歴史からか、年配の方は英語が不得意なことが多いらしい。

ガルシア氏の曽祖父もきっと英語があまり話せず、鳴上といる間は笑顔でやり過ごそうとしていたのだろう。

スペイン語を話せる自分が迎えにきて正解だった。しわくちゃで日に焼けた手で強く握手する曽祖父の笑顔を見て、鳴上は思った。

ガルシア氏の家族たちを二台の車に乗せ、本社へと向かう。

人や車、電車が忙しなく行き交う風景も思い出に残したいのか、車内はスマホのシャッター音で賑やかだ。

『今回は視察もするけど、観光がメインなんだ。なるたけひい爺ちゃんが動けるうちに、揃って日本に旅行に行きたくてね』

ガルシア氏の曽祖父は、九十歳近いのだという。

『連絡をもらえて嬉しかったです。社長も会いたがっていました』

ガルシア氏の会社の更なる将来性を期待する部分はもちろんある。しかしそれ以上に、氏の考え方や取引時の対応などを、鳴上社長は高く買っていた。

家族を連れて来日すると聞くと、送迎と朝食は任せて欲しいと申し出たのだ。

今頃は社員食堂の大きな厨房《ちゅうぼう》で、シェフたちが朝食の為に腕を振るっているだろう。

一行を迎える為に、社長も既に出勤している。

『出発する前に心配事もあったけど……東京にきたら気分が少し晴れてきたよ』

助手席のガルシア氏が、家族には聞こえない小さな声でぼそりと呟いた。

きっと、つい思わず声に出てしまうほどの心労があるのだろう。

鳴上はふっと笑って一度頷き、経営者の苦労を心のなかで労《ねぎら》った。

本社に着くと、ちょうど出勤する社員たちと顔を合わせる時間になっていた。

正面玄関にバンを停め運転席から降りると、たまたま通った社員たちはぎょっとしている。

まさか副社長が、運転席から降りてくるとは思わなかったのだろう。

ガルシア氏はざわめく社員たちに軽く手を上げて、軽快に『おはよう』と声を掛けていく。

社員たちもすかさず挨拶を返し、エレベーターを空けてくれた。


二十階にある社員食堂はかなり広く、来客とランチミーティングができるようにとスタイリッシュな造りになっている。

多くはテーブル席だが、奥にはソファー席やカウンターもある。

オープンな造りの厨房は広く清潔でメニューも豊富な為、グルメ番組のクルーが社員食堂特集として取り上げたいと、撮影にくることも珍しくない。

朝のこの時間にきたことはなかったが、大きな窓から眩い光がさんさんと差し込み、元気が貰えそうな雰囲気だ。

ガルシア氏一行にはこの鳴上商事社員食堂で、朝食ブッフェを振る舞うことになっている。

腕を振るってくれるのは、鳴上が「シェフ」と敬意を込めて呼ぶパートの女性たちだ。

彼女らは少数精鋭ながら、この社員食堂をいつも明るく切り盛りしてくれている。

ガルシア氏の一行は年齢層がバラバラなことから、ブッフェ方式にしようと提案してくれたのはシェフたちだ。

社員食堂で一行を迎えた鳴上社長は英語で『遠いところ、よくおいで下さいました』とひとりずつに挨拶をした。

そうしてまずは朝食を取ろうと、皆をいくつもの料理が並ぶテーブルへ案内する。

そこには何品ものサラダや惣菜の小鉢、ヨーグルトにゼリーやケーキ、食べやすいようにカットされた色とりどりのフルーツなどが所狭しと置いてある。

隣のテーブルにはドリンクが並んでおり、ミルクや紅茶、ミネラルウォーターなどが用意されていた。コーヒーやお茶などは、普段から社員がいつでも好きなだけ飲んでいい仕組みになっている為マシンが設置されており、その横には紙コップや蓋が常備してある。

『メイン料理はシェフが作ってくれるので、メニューのなかから好きなものを、好きなだけオーダーして下さい』

そう言って、鳴上は英語とスペイン語で書かれた今日の為の写真入りのメニュー表をひとりずつに手渡した。

『らーめん、SNSや動画でみた、日本のらーめんがあるよ！』

『テイショクっていうのは、ワショクとどう違うの？』

『すごいな、会社で本当に和洋中の食事ができるのか？』

社長と鳴上の他に、数人の社員がそれぞれ質問のフォローにあたる。

オーダーが決まった順からコールし、待ってましたとばかりにシェフが料理に取り掛かる。

日頃スピード勝負をしている彼女たちの仕事ぶりは超人的で、すぐに出てきた醤《しょう》油《ゆ》ラーメンに皆が目を輝かせた。

『シェフたちが作るこのラーメンは、この社員食堂でも人気のメニューです。休日にも突然発作のように食べたくなり、早く月曜日を迎え仕事に行きたくなるほどの美味しさです』

鳴上がそう英語で説明すると、わっと笑いが起きた。

厨房にもすぐ社員から通訳され、うふふと照れくさそうに笑い声があちこちから漏れる。

『何をオーダーしても、間違いはありません。どうぞご自身の舌で確かめて下さい』

その言葉をきっかけに次々とオーダーが入り、料理が出来上がる様子をスマホで撮影する人、早速料理を食べ始める人で賑やかになってきた。

皆がとても楽しみ、喜んでくれているのが伝わってくる。

鳴上はガルシア氏と、その曽祖父の近くの席に座った。

『うちの、自慢のシェフたちの料理はどうですか？』

そうスペイン語で問いかけると、曽祖父は慣れない箸を使いながら、焼肉丼の肉を少しずつ口に運び『こりゃうまい』と笑う。

ガルシア氏がスプーンやフォークを差し出すが、曽祖父は受け取らない。

『いい、おれはコレで食うから。こっちにいる間にマスターしてみせるぞ。社長の持ち方を真似しているんだ』

そう言って、隣のテーブルでガルシア夫人と話しながら食事をする社長を見た。

曽祖父の箸の持ち方は見よう見まねではあるが、ちゃんとしている。あとは慣れだけだろう。

『お箸の持ち方は大丈夫なので、すぐに使いこなせるようになりますよ。しかし、周りをよく見てらっしゃる』

そう言われた曽祖父は、嬉しそうに箸を動かしてみせた。

『まったく、頑固なんだから……。まぁ、ひい爺ちゃんの観察眼が凄いのは認めるよ』

ガルシア氏は鳴上に話し掛け、肩をすくめる。

食事を共にすると、気持ちが和らいでくるのか次第に会話が弾んでいく。

曽祖父は役員を退いたものの、いまだに工場に出て工員たちに指導をしているという。

ガルシア氏の自動車部品会社は、品質の良いことで信用がある。

大量生産にはどうしても不良品が混ざってしまうものだが、そのパーセンテージがかなり低いのだ。

生産に対応してオートメーション化しているが、大昔は自分の手でひとつひとつ作っていた時代があったと曽祖父は話を始めた。

金属と自分だけの空間で、工場は騒がしいのに妙に静かな頭のなか。

全てが自分の知識と指先の感覚頼り。

金属との無言の対話。わずかな調節が完璧にいった時の高揚感。

『今はもう割に合わないからできないが、たまに気の済むまでとことん突き詰めてみたくなる。もっとこだわって、オーダーメイドのようになぁ』

曽祖父は自分の箸の先を、じっと見つめた。

一九五〇年代に小さな工場から始めた部品会社は、曽孫《ひまご》に渡った時には世界を相手にする巨大なものになっていた。

喜ばしいことだ。家族が飢える心配はない。

ただ、衰えて感覚が鈍くなりつつある一方で、製作に捧げた魂が燻《くすぶ》っている。

もう一度。あの頃のように試行錯誤しながら新しいもの作りをしたい。

燻りは今もなお、青く熱を孕《はら》んでいる。

鳴上は作られた物を売る仲介をする仕事をしている。

入社したばかりの時は営業部に配属され、たくさんの町工場へ足を運んだ。

どの会社も自社の商品にプライドを持ち、魂を込めて製作している。

こだわりや工夫する姿を見る度に、その情熱に背筋の伸びる思いがする。

そんな時だった。

かき揚げ蕎麦《そば》を食べていたガルシア氏のスマホが鳴ったのだ。

画面を見て、顔を少し曇らせる。

助手席でのやり取りを思い出し、きっと工場からだろうと鳴上は予想する。

『……失礼』

スマホを持ち席を外すガルシア氏の背中が気になったが、鳴上はそのまま見送った。

食事も終盤に差し掛かっていた。

子供たちはもうケーキやゼリーを食べ始めている。

しかし、なかなかガルシア氏は戻ってこない。

夫人も気にしているようだが、子供の面倒で離れられないのが伝わってくる。

（トラブルでもあったのか……？）

そうっと社員食堂を抜け出すと、エレベーターホールでひとり佇むガルシア氏の姿が見えた。

整えられた髭《ひげ》をがしがしと触りながら声を漏らし、明らかに悩み俯いて気を落としている。

声を掛けるのも躊躇《ため》う雰囲気だが、ここまできて放っておくことはできない。

『……どうしました、何かありましたか？』

静かな声に、ガルシア氏は顔を上げて鳴上の姿をとらえた。

『すまん、食事の席に戻らなくて……』

『いいんです。自分も食事中にスマホが鳴るなんて珍しくはありません。それより……』

心配なのはガルシア氏の様子だ。

『……ああ、経営に関わる者として、アドバイスを貰えないだろうか』

良くないことが起きている。

そうわかるほど、二人を取り巻く空気は急速に重くなっていった。

人には聞かせたくない話だろうと、鳴上はひとつ上の階にある自分の副社長室へガルシア氏を案内した。

ソファーをすすめると、ため息を吐きながら腰掛けたガルシア氏は重い口を開いた。

『半導体の原材料を積んだ船が、北米西海岸《ほくべいにし》の港でコンテナを陸に降ろすのに時間が掛かりそうなんだ。その上、運ぶトレーラーやドライバーの都合がつかなくなったと急に連絡がきて……』

西海岸で降ろした原材料は、アメリカ国内の半導体製造メーカーでチップにしたあとメキシコまで陸で運び、ガルシア氏の工場で自動車部品に組み込まれる流れだった。

それがどうやら不運が続き、鳴上商事とは別の大口納期に間に合わない可能性が出てきたという。

『このご時世、コストの削減で船落ちが増えて……海運はリスクが上がっていますからね』

船落ちとは、今まで飛行機で運んでいたものを船による運搬に替えることをいう。飛行機より時間はかなり掛かるが、その分、多く運べて料金も抑えられる。

ただ。ここ数年で船落ちが一気に増え、港のターミナルはそれを捌《さば》ききれず、順番を待つコンテナで溢れかえっている。

『納期に間に合わなければ、仕事に大きな穴があく……それに損害賠償請求でもされたら……！』

頭を抱えるガルシア氏に、鳴上は同じビジネスマンとして胸が締め付けられる思いがする。

鳴上は、大きな男が目の前で項垂《うなだ》れているのを黙って見ていた。

頭のなかで、色々な可能性を見つけ出しては検討し、そのほとんどが消えていく。

だけど、だけど何か。

そうですか、それは大変ですね、なんて上辺だけの同情の言葉なんて掛けたくない。

この状況を打ち破る打開策が、どこかに……考えろ。考えろ。考えろ……。

パズルをあてはめていくように、あらゆる可能性のピースを手に取る。

しかしどこか飛び出していたり、欠けていたりで、空いた隙間にパチリとは合致しない。

一度捨てた選択肢も、再度拾い上げて角度を変えてみる。

そこでふと鳴上は、ある日の椿とのやり取りを思い出した。

＊　＊　＊

新婚生活を始めるにあたり、家電の買い足しをした。

そこで買ったトースターに不具合があり、絶妙に温度の上がり方が悪い。

いつか修理に、あるいは買い換えようと考えているうちに、ある日の朝とうとう、うんともすんとも言わなくなってしまった。

「……ああ、ついに壊れてしまいました」

いつまでも熱くならないトースターのなかで二枚並べられた白い食パンを見守りながら、鳴上はため息を吐いた。

「じゃあ、出して私にください。フライパンで焼いちゃいます」

「えっ、フライパンですか？」

側でウインナーを炒《いた》めていた椿が、もうひとつフライパンを出した。

それを熱して、バターを溶かし始める。

「フライパンの高温で一気に焼いた方が、外はさっくりなかはしっとりに仕上がるんです。それに、バターで焼くのであとから塗る必要がありません」

食パンはフライパンのなかで、あっという間にバターをまとい、こんがりとキツネ色になっていた。

「理屈でわかっていても、フライパンで焼こうなんて思いもよりませんでした」

「ですよね、同じ焼くのは変わらないのに。トースター以外では焼けないなんて概念は捨てちゃってもいいんです」

「そうか……、じゃあ網とかでもいいのかな」

「そういうの、通販サイトで見たことがありますよ。網目の焼き色がついて美味しそうでした。そうやって使えるものは、とりあえず使っちゃえばいいんです」

案外、大概はどうにかなるもんです。私みたいに！なんて言って椿が笑った。

使えるものは、使う……あるもので、応用しながら……。

――……ああ、これなら望みはあるんじゃないか。

以前の、頭の固い自分にはない発想だ。かなり強引な方法だが、これなら損失を最小限に抑えられる。

『まだ、まだ諦めてはいけません』

鳴上は、困り果てて時折天を仰ぐガルシア氏にそう声を掛けた。

『しかし……！』

『コンテナ船は、もう港には入っているんですよね？』

『ああ。順次コンテナは降ろされると言っているけれど……半導体製造メーカーの工場まで運ぶトレーラーがない』

『トレーラーは、こちらでもあたってみます。うちは西海岸近くで陸運事業もやっていますから。我々のお客様は、日本だけではありませんので』

その通り、鳴上商事はアメリカ各所でも巨大な倉庫を所持しトレーラーや鉄道による運搬を行っている。

『鳴上、助かる……！』

『ただ、うちも全てのトレーラーが空いている訳ではありません。動けそうなものを港に向かわせるので、通常よりもだいぶ不規則な搬入になります。予定よりは遅くなりますし、コストも大いに掛かります。現状よりは若干マシになる、という程度かもしれませんが……』

『いい、それでも、とにかくお願いしたい』

『では、進めてもいいか先方に了承を取っていただけますか？　なんせ訴訟大国で勝手なことはできませんから』

冗談めかして鳴上が言うと、ガルシア氏は肩の力が抜けたように笑いだした。

そこからすぐに気持ちを切り替えたのか、ガルシア氏はあちこちに電話を掛け始めた。

その間に鳴上は自身の養父である社長に連絡をする。鳴上社長はそれを聞き、すぐにこう言った。

『全て、副社長であるお前に任せる。わたしはお前やガルシア氏の代わりに、一行が観光を楽しめるようアテンドをするから。こちらは任せなさい』

「ありがとうございます。助かります」

やり取りの間に、ガルシア氏が電話を終えていた。

『鳴上、今回は世話になってもいいだろうか。君が提案してくれた方法で、お願いしたい』

勢い良く頭を下げるガルシア氏に、鳴上は『できる限りのことをします』と力強く返事をした。

既に朝礼が終わり、さあ仕事を始めようとしていた産業インフラ本部の社員たちは、「失礼します」と突然現れた副社長の姿に驚いた。

その後ろからついてきたガルシア氏は、まるでプロレスラーのような立派な体躯なので社員たちは二度驚くこととなる。

「皆さん、おはようございます。少しイレギュラーなことが発生しまして、皆さんのお力を貸していただけませんでしょうか」

普段は冷静沈着、近寄りがたい雰囲気の副社長が今、自分たちを頼りにしてきている。

その状況は、社員たちの心を浮き立たせた。

ひと通りの事情を説明した鳴上は、続けてこう言った。

「向こうの事業所での運行スケジュールが詰まっているのはわかっています。しかし無理を承知でお願いします。確保と手配の手伝いをしていただけませんか？」

力を貸して下さいと、もう一度しっかりと張りのある声で鳴上は訴えた。

この鳴上商事で、副社長である鳴上詩郎の評価は非常に高い。自らが動き、そして部下にも協力を願い出ることができるからだ。

無理難題を部下に丸投げすることなく、自らが先頭に立ち問題解決に取り組む。頭も下げれば電話も掛け、場合によっては率先して現地にまで向かう。

無駄なことは一切言わない。感情に走らず、合理的な思考で物事に対峙《たいじ》する。そんなスタイルと凛とした容姿から〝怜悧《れいり》な鉄人〟などと呼ばれてはいる。けれど鳴上の仕事に対する姿勢は、社員からとても尊敬されていた。

「少しですが時間があるので、手伝えます」

「やれます」

「詳細を教えて下さい」

次々と声や手が挙がり、鳴上は自社の社員たちを心から頼もしく思った。

そして数時間後。産業インフラ本部社員たちの多大なる協力もあり、継《つ》ぎ接《は》ぎながらも大体のドライバーとトレーラーの手配がついた。

『皆さん、ありがとう！　ありがとう！』

ガルシア氏とウェブ通話で繋いでいたアメリカの半導体製造メーカーの責任者は、

何度もお礼を言う。

社員たちも、心地良い達成感と疲労感に浸っていた。

『かなりコストは掛かってしまいましたが、何とかなりそうですね』

『鳴上がいなかったら、俺はひとりで抱え込んで、ひたすらメーカーからの連絡を待ち続けるしかなかった。掛かる金の分はまた働けばいい。どうかお礼をさせてくれ』

そうガルシア氏に熱く迫られ、鳴上はひとつ提案をしてみた。

『……朝食の際、ひいお爺様が、オーダーメイドのような部品を作りたいと言っていましたよね？』

『ああ、ひい爺ちゃんは死ぬまで生粋の職人だ。ずっと理想の部品作りを追い求めている』

それです、と言わんばかりに鳴上はガルシア氏の目の前で人差し指を立てた。

『ひいお爺様が納得のいく部品を作られたら、是非とも鳴上商事に優先的に……いや、一番に卸《おろ》していただけませんか？』

自動車部品業界は、新技術や部品が目まぐるしく開発されている。

鳴上はガルシア氏の曽祖父の、もっと大切にものを作りたいという気持ちに、更なる可能性を感じていた。

『それは構わないが、いつになるかわからないぞ。それにひい爺ちゃんはあの年だし、実現するかどうかも……』

『構いません。我々商社マンは、売れそうなものには目がありません。それを他の誰かにかっ攫《さら》われたりしたらなんて考えたら……悔しくて眠れなくなります』

話を聞いていた社員たちが、わかるわかると一斉に頷く。

『そ、そんなに悔しいものなのか？』

『ええ。それはもう。なので、鳴上がそう言っていると是非お伝え下さい』

一番それを欲しがる人のところへ売りますと、にっこりと笑った。

『それにしても……』

ガルシア氏が続ける。

『鳴上と顔を合わせるのはウェブがほとんどだけど、最近とても良い表情をするようになったね。君がいい男だってことはわかっていたけど、そこに温かみが加わった。やっぱり結婚した影響かい？』

鳴上は思わず自分の頬に触れたが、すぐに穏やかな笑みを浮かべた。

『……妻のおかげです。彼女が自分に良い影響を与え続けてくれています』

ガルシア氏は驚いた風に大げさに目を見開き、『是非とも奥さんに会ってみたいものだ』と笑顔になった。

それから肩を組み、そっと鳴上に耳打ちをした。

『夫婦円満の秘訣《ひけつ》は、キスと抱擁《ほうよう》とベッドのなかの会話だよ』

イタズラっぽい仕草で笑うガルシア氏に、鳴上は思わず顔を赤くした。

『おっ、その反応は昨夜もお楽しみだったのか？』

『……ええ、まぁそんなところです』

嘘だ。現実の触れ合いは、挙式での二回のキスだけだ。寝室だって別々なのだと、心のなかで鳴上は頭を抱える。

『それは良いことだ！　コミュニケーションを大切にな！』

『そうですね、頑張ります』

鳴上はバンバンと背中を陽気に叩かれながら、微かに遠い目になってしまっていた。


「ねえねえ、副社長がこの間、取引先のピンチを助けたって話聞いた？　インフラ本部の男の子が飲み会の時にめちゃくちゃ興奮して話してきたよ」

「ああー、なんか朝からきてたよね。アメリカ人だっけ」

「違う、メキシコ。高級車の部品を作ってる有名メーカーだって」

ロッカールームで、荷物を整理しながらわいわいお喋《しゃべ》りをしているのは秘書課の女子社員たちだ。

「ていうか、副社長！　結婚してから雰囲気が柔らかくなったと思わない⁉」

「それな！　高嶺《たかね》の花だったのに、今更手の届きそうな風にされても……もう人の旦那さんだもんね」

「結婚するって噂になった時、かなりの女子社員が本気で落ち込んでたよね。まぁ、あのルックスとスペックが同じ会社にいたら、ワンチャンあるかもって夢見るわ」

「まぁねえ。でもさあ、なんか誰かが副社長と付き合ってるっていう噂、前に流れてたことなかったっけ？」

「ああ、あったあった。で、その彼女が、社内で色んな男に手出してなんとかっていうのもあったよね」

噂、噂、噂の話。女子のロッカールームは甘い花も毒の花も咲く、秘密の花園なのだ。

四章

鳴上と椿は、二人の結婚の実態を知らない人から見たら、普通の若い新婚さんだろう。

チャペルでの出来事を話しでもしたら、仲良しね～と微笑ましい目で見られること間違いなしだ。

聞いた側が照れてしまった場合は、鳴上なんて背中をバンバン叩かれるかもしれない。

新婚さんの二人は、新生活を始める際に、やはりルールを決めた。

例えばどちらがゴミ出しをするとか、掃除はどうするかなど、どの家庭にも存在する、共に生活をする為のルールだ。

掃除は今まで通りハウスキーパーが入るが、気になる箇所があれば見つけた方がする。

ゴミ出しは二十四時間、三百六十五日好きなタイミングでフロアごとにある置き場に出せるので、行ける方のタイミングで。

買い物は基本宅配で済ますが、椿は細かいものは自分で見て買いたいというので一任した。

ここまでが、椿が引っ越してきた日に決めたルールだ。

そして二人の間には、それ以前に決めたルールがあった。
一、お互いの生活、仕事、帰宅時間には口を出さない。
二、契約婚ではあるが、結婚する以上は人前では仲睦まじい夫婦を演じる。
三、いずれ子供は必要になるが、今はその時ではないのでセックスはしない。
これらは全て鳴上が言い出し、椿が了承したものだ。

鳴上がまだ椿の人となりを知らず、この先自分がその椿を好きになることも知らない時期に、提案したものである。

まさかこのルールに、自分が一番苦しめられることになろうとは……。


鳴上はキングサイズのベッドにひとり寝転び、真っ白な天井を見ていた。

下半身の筋肉トレーニングを終え、疲労感にひと息ついたところだ。

金曜日の、時刻は二十一時。

椿は今夜、会社の女友達らと夕飯をとってから帰ると連絡があった。

以前連れていったイタリアンバルがたいそう気に入ったようで、友人に話をしたら一緒に行くことになったらしい。

そんなに気に入ったなら、自分が連れていくのに。

そう考えたが、椿の交友関係や行動にまで口を出すことはできない。

そう、これは自分から提案したルールだ。

椿はそれを律儀に守り、鳴上の生活に口を出してはこない。ただ、鳴上は早く帰れそうな日にはさりげなくそれを伝えた。

椿はそういう日には、夕飯を作って待ってくれている。

鳴上は一緒に食事をしても良いか聞き、椿は二人分作っていたであろう夕飯を並べる。

椿が買い足した色違いの食器が少しずつ増え、食卓をいろどっていくのが、これから続く二人の生活を想像させてくすぐったい。

ひと言「センスがいい」と褒めれば、良かったと言って笑い返してくれる椿に、鳴上の顔も緩んでしまう。

結婚したばかりの夫婦なら、ここでキスのひとつでも交わすはずと鳴上は妄想する。

しかし、そうはならない。いい雰囲気になりそうなところで毎度、椿が「ご飯さめちゃいますよ」と甘くなりかけた空気の入れ替えをするからだ。

鳴上は今、自分が言い出したあのルールを忌々《いまいま》しいとさえ思っている。

本当に正真正銘のビジネスライクな結婚をしたならば、こんな風には悩まなかった。各自で勝手に食事をとり、たまに顔を合わせたら世間話をして、時々外では仲の良い夫婦を演じる。

寝室が別なのも当たり前で、何も悩むことなんてなかった。

そういうルームシェアのような結婚生活になると、あの時の鳴上は信じて疑わなかったのだ。

何よりも一番腹立たしいのは先日、樹月のおかげでやっと椿に好意を持っていると自覚したにもかかわらず、言い出せないままでいる自分だ。

フラれるのがこわい。離婚まではいかなくとも、同じマンション内で別居になるかもしれない。

自分が、そういう欲を込めた目で見ていると椿が知り、避けられるのがこわかった。

樹月が言っていた『こわい』を今、実生活で体験している。

自分は今、好きな人と暮らしている。

毎日マンションに帰る前に三度は深呼吸し、朝は一生懸命寝室で跳ねた寝癖を直してからリビングに向かう。

気に入ってくれたショコラティエのＨＰから新作をチェックし、時間が間に合う日にはお土産に買って帰る。

椿が土産を受け取りはしゃぐ姿が可愛らしくて、深夜何度も思い返しては樹月にトークアプリで報告のメッセージを送る。

既読がつくのは朝になるが、構わない。

想いの丈を綴《つづ》ることで〝好き〟が積み重なっていくのを実感することが、大切だからだ。

〝好き〟はこわい。

〝好き〟は、苦しい。

だけど言いようのない、椿の存在を糧にした湧き上がる謎のパワーで元気になれる。

鳴上は初めての感情に戸惑い振り回されながらも、必死に椿を離すまいとしていた。

自覚した途端、ますます寝室を一緒にしようと言い出せず、きっかけもないまま日々は過ぎていく。

来週にはクリスマスがある。椿に何かプレゼントをしたくて悩みまくった末、まだ決められないでいた。

何でも扱う総合商社の副社長である自分が、妻にクリスマスプレゼントひとつ選んでやれない。

寝転んだまま、大きなため息を吐く。

「……椿さんを、迎えに行こうかな」

ぽつりと呟いてみる。

理由なんてどうつけてもいい。気分転換の散歩、びっくりさせたかったから。

だけど楽しく飲んだ帰りに、旦那が迎えにきたらすっかり酔いがさめてしまうかもしれない。

けれど、一度迎えに行きたいと思ったことで、別の心配も出てきてしまった。

「あんなに可愛い人が、酔っ払って歩いていたら……変な人間が放っておく訳がない……！」

後悔先に立たず、と先人は言った。後世に残るほどの言葉を残したのだ、よほどのことがあったのだろう。

形から入るタイプの鳴上は筋トレの為に買ったスポーツウェアを素早く脱ぎ捨て、すぐに外出の為の服を着た。

今夜は冷えているのでコートを着込み、マフラーもつける。

「店に直接行ったら場をシラケさせてしまうから、店の最寄り駅に向かおう。偶然を装うのは難しいけど……帰りが心配だったって素直に言ってみましょうか」

声に出して、自分を励ます。

財布とスマホをコートのポケットにしまい込み、玄関へ急ぐ。

行き違いになったら、なんて事態が頭を過《よ》ぎるが、とにかく今は自分のなかに満ち溢れるやる気に身を任せ、行動してみたかった。

カードキーを手に取り、玄関の取っ手を掴もうとした瞬間。

扉が開き、冷たい空気と共に椿がひょっこりと帰宅した。

びっくりして固まってしまったが、すぐに気を取り直して声を掛けた。

「お、おかえりなさい」

椿は赤い顔をして、じっと鳴上を見た。かなり酔っているのか、ぽやっとしている。

玄関先でいきなりばったりと鉢合わせたので、少し驚かせてしまったかもしれない。

謝ろうと口を開きかけると、椿は下を向いてしまった。

「……ただいま帰りまし……たぁ」

最後が涙声になっていたので、鳴上は瞬時に青ざめた。

椿はその場で持っていたバッグを落とし、両手で顔を覆ってしまう。

「どうしたんです？　何かあった⁉」

あわあわとみっともなく慌てたが、まずは自分が落ち着かなくてはと息を小さく吐いた。

椿の着ているコートに汚れはない。靴も脱げていないし、髪も乱れていない。

持ち物もなくなってはいないようだ。いつも使っているバッグが足元に落ちている。

それを拾い上げる時に、外側のポケットにスマホが入っているのも確認した。

「椿さん、お酒で気分悪くなっちゃいましたか？」

さりげなく肩に触れると、椿は首を振った。

「どこか痛い？　それとも……帰りに嫌なことがありました？」

電車での帰宅だ。絡まれたりナンパされたり……万が一、痴漢になんてあっていたら、相手を社会的にも抹殺しなければいけない。

原因がわからず、泣いている椿を慰めることもできない自分にしょんぼりと心が萎《しぼ》みそうだ。

鳴上は焦り、情けない自分に凹《へこ》んだが、今一番大事なのは椿がこんなことになった原因を聞いてそれを取り除くことだ。

「とりあえず、リビングに行きましょう？　ここじゃ体が冷えてしまいます」

背中に手を添えると、椿は小さな声で「ごめんなさい」と謝ってきた。

「先輩、ごめんなさい……どこか出掛けるところでしたよね」

大丈夫、平気ですと言って、椿は顔を覆っていた手で今度は目元や頬を拭いだした。

鳴上は、誤魔化すのをやめた。

照れて誤魔化してしまったら、いけないと本能的に思った。

「椿さんを、心配で迎えに……お邪魔にはならないよう、バルの近くの駅まで迎えに行こうと思って家を出るところでした」

椿が心配だった、その身を案じて飛び出すところだった。

「私を、迎えに？」

椿は拭っていた手を止めて、涙で濡れた瞳で鳴上を見上げている。

「はい。ご迷惑とは思ったのですが、椿さんの顔を思い出したらいても立ってもいられなくて……」

どう思われようと、まずは今、椿が顔を見せてくれてホッとした。

「行き違いにならなくて、良かったです」

椿の濡れた頬に指をあてると、冬の夜風に当たったにもかかわらず赤く熱かった。

涙を早く止めて、綺麗に拭って、それから温かい飲み物を作ってあげて。

頭のなかで、椿にしてやりたいことを順序だてていく。

さあ、と部屋に上がるよう背中に添えた手に、ほんの少しだけ力を入れた。

「先輩っ、せんぱい～っ」

椿が子供のように、力いっぱい抱き付いてきた。

最近の下半身トレーニングの成果か、ふらつきもせず抱きとめられたが。

突然の柔らかな突進に、鳴上は口から魂と心臓が同時に抜け出そうになっていた。

椿に抱き付かれた鳴上は、一度離すのも忍びなく、そのまま抱き上げてリビングへ運んだ。

三人がけのソファーの上に座らせようとしても、椿は鳴上の首にしがみついて離れない。

お互いコートも脱げないなか、鳴上は自分がしていたマフラーだけは外させてもらった。

鳴上も椿を離したくなかったので、お姫様抱っこのままでソファーに腰掛ける。

温かい吐息やぬくもりを首筋にダイレクトに感じて、抱いた腕に力を込めそうになるのを必死で耐えた。

「どうしたんですか、椿さん」

なるたけ責めるような言い方にならないように、慎重に優しく尋ねた。

「先輩のこと……会社の同僚や、先輩たちが……格好良いって」

ぎゅうっと、鳴上にしがみついている椿の腕に力が入る。

「椿さんに恥をかかせないよう、身綺麗にしてますからね」

実際、鳴上は身支度にとても気をつけている。特に椿を意識し始めてからは、さりげなく気を引きたくて頑張っていた。

「格好良いです、先輩は、大学の時からずっと！　恥ずかしいなんて思ったことありません！」

叱られているのか、褒められているのか。

鳴上は椿にストレートに『格好良い』と言われ、立ち上がって叫びたくなるほどの衝動を、奥歯を噛み締めて耐えた。

「あ、ありがとうございますっ」

若干声が上擦ったが、そんなことは気にならないほど嬉しい。

「……先輩、大学時代はすごくモテてましたよね。私、きっとあんな素敵な人とは、住む世界が違うんだって思ってたんです」

確かに、まともに学校に行くようになった小学校時代から、モテてこなかったと言ったら嫌味になってしまうほど、モテていた自覚はある。

けれど、誰かに心を揺さぶられる経験は、椿と再会するまで一度だってなかった。

「……そんな寂しいこと、言わないで下さい」

違う世界、と聞いて、鳴上は胸がぎゅうっと苦しくなってそう言った。

「……ごめんなさい。会社の皆に、夜も甘やかしてくれるでしょうって聞かれちゃって……女子のノリというか……。でも私そういう経験がないので、言葉を返せず先に帰ってきちゃったんです」

女子だけの飲み会では際どい話もすると、知識では知っていた。

古来、体力的に勝っていた男たちは外で狩りをし、住処に残った女たちはコミュニケーション能力を使って情報を集めることで協力し、生活が成り立っていたという。

それを思えば、女子だけで集まった際には情報交換の為に突っ込んだ話もするのだろう。

「経験、ですか」

鳴上は椿が元婚約者と、そういう関係を結んでいたとしても最初は気にしていなかった。

男と女。結婚を決められた間柄でデートを重ねれば、体の関係を結んでもおかしなことではないと。

今は気にならないと言ったら嘘《うそ》になるが、わざわざ聞いてみようという気にはなれなかった。

体の関係まで持ちながら椿を捨てたのなら、その男に会った時に縊《くび》り殺さない自信がなかったからだ。

それが。本人の口から、経験はないと聞いてしまった。

はぁ、と椿が息を吐く。

「ごめんなさい、酔い過ぎてたみたいです。会社の女の子同士で……石田さんとお酒を飲むと、楽しくてついはしゃいでしまって」

石田さん、という名前は聞いたことがある。

山乃井に入った時から声を掛けてくれ、椿が変わるきっかけをくれた大事な友人の名だと鳴上は思い出す。

披露宴にも呼んで、挨拶をしたことがあった。

確か今夜は、その石田さんと、それに同じフロアの先輩と飲むと言っていた。

そこで、新婚生活について聞かれたのだろう。

それは特におかしくはないし、酒が入れば深い話になる場合もあるだろう。

赤裸々に話すか話さないかはともかく、新婚生活が始まってもスキンシップのひとつも取れない自分の意気地のなさを、鳴上は思い知った。

「いいんですよ。椿さん、とても困ったでしょう」

想像ができるのだ。そういった話の流れになり、ハンカチを額や首筋にあてながら焦りを隠す椿の姿を。

お酒を飲んで、潰れないよう気を張って、よく帰ってきてくれた。

玄関を開けて、安心して一気に緊張が緩み、普段ならばしない行動をとっている。

抱き付いてくるなんて、酒の席での話題を引きずってきた証拠だ。

鳴上の胸は椿への愛おしさで苦しくなる。力加減を忘れてめちゃくちゃに強く抱き締めてしまいたい。

「困ったというか……私がそういうのを経験するのは……子供が必要になった時だから、まだ先ですもんね？」

小さな声で、椿がぽつりぽつりと話をしてくれる。

「自分が言い出した、馬鹿みたいなルールのせいですね」

「いいんです……いいの。それで先に抜けさせてもらって、帰り道で想像しました……先輩に抱き付いたら、どんな感じなんだろうって。帰って扉を開けたらすぐにいるから、勝手に涙が出ちゃいました」

ふふっと椿は笑って、鳴上の首元に更に抱き付いた。

「先輩、いい匂い。それに、細身に見えるけどやっぱりがっしりしてた。挙式の時、抱き上げられて本当に驚いたんですよ」

椿の可愛らしい鼻先が、つうっと鳴上の首筋を撫《な》でる。

鳴上はもう、それだけで堪らなくなった。

腕に大人しく抱っこされている椿の健気な気持ち、約束を守ろうとしてくれている姿。

愛おしくて、頭がおかしくなりそうだ。

「椿さん……顔を見せて下さい」

鳴上が懇願すると、椿は抱き付いていた腕を放して素直に従った。

無防備にとろんとした瞳、白い肌が酔いで上気してふわふわの赤ん坊の肌みたいだ。

鳴上はその頬に、唇を落とした。

くすぐったそうに身をよじる椿を抱き抱え直して、もう一度頬にキスする。

初めてのキスは、挙式の時だった。

椿からの勇気を出した強引なキスがファーストキスで、二度目はそのすぐあと。椿を抱き上げて何度か食むようにしたキスだ。

「先輩、顔真っ赤ですよ」

「赤くもなります。自分の嫁さんがあまりにも可愛らしくて、一生こうやって抱えていたいくらいです」

「……じゃあ、ちゃんとキスしてくれたら、ずっと抱っこしていていいですよ」

酔いで夢現《ゆめうつつ》な椿は、自分の願望を素直に口にした。

可愛らしいなんて、夢でもなければ言われるはずがない。

それか、先輩は優しいから酔って泣き出した自分に合わせてくれているんだ。

なら、今だけは思い切って甘えてしまおう。

——優しい先輩に、つけ込んでごめんなさい。

心のなかで謝罪をすると、鳴上の顔が近付いてきたのでそっと瞳を閉じた。

鳴上からの奪われるようなキスに、椿は世界がひっくり返ったのかと錯覚した。

海も空も星も全て砕けて宙に舞って、キラキラのプリズムになって散っていった。

その真ん中で甘く笑う鳴上は、惚《ほ》れ直すほど格好良かった。

体の神経が全部集まったかと思うほど、唇が触れた瞬間には涙が出た。

微かに伝わるぬくもりも、拒否されなかった安堵も、ごちゃ混ぜになって椿を幸福で満たす。

鳴上はというと、がっついてしまいそうになる衝動を必死に抑えていた。

一度唇を離すと、次はそうっと、朝日のなかで咲いたばかりのふくよかな薔薇の花弁に口づけるかの如く、慎重に唇を重ねた。

本当は、その薔薇に齧《かじ》りついて、全部咀嚼《そしゃく》して飲み込んでしまいたかった。

今から全て、自分のものにしてしまいたい。

全てを、この手と体で。

腹の奥に渦巻く欲を、ぐっと堪える。

これは、一輪だけの大切な薔薇なのだ。

少しずついこう、まだ気持ちも伝えていないのだから、まずはそこからだ。

二つのせめぎ合う気持ちのなか、鳴上はいつまでも感触を確かめていたかった唇を離し、大事にだいじに椿を抱き締める。

椿も、再び鳴上の首に抱き付いてきた。

しばらくそのまま、黙ってくっつき合っていた。

幸せな時間だ。今、今言わないでどうする。

鳴上は何度も言い掛けてはやめながらも、愛おしい気持ちを束ね言葉を振り絞った。

「……椿さん、自分は貴女が好きです」

椿は黙ったまま、身を預けている。

急な告白をして、怖がらせてしまったのか。

鳴上はじっと、椿からのアクションを待った。

……返事に困っていたらどうしようか。酔っているとはいえ、キスをねだってきたのだから、少なくとも嫌われてはいないはずだ。

まだ、椿からの返事はない。静かに鳴上にしがみついている。


一時間。そうしているうちに、鳴上は椿を抱えたままひとつの結論を出した。

「これ、寝てますね」

広いリビングに、鳴上の独り言と、すうすうと静かな椿の寝息だけが聞こえる。

じっと忠犬のように返事を待っていた自分に脱力してしまいそうになるが、決して嫌な時間ではなかった。

明日、椿が目を覚ましたら返事を聞いてみよう。

生まれて初めての、一世一代の告白だった。

答えが保留状態になってしまったのは残念だが、どこかホッとしている自分もいる。

椿を自分の寝室に運び、コートを脱がせるのを躊躇い、そのままキングサイズのベッドへ寝かせた。

勝手に椿の部屋へ入ることはいけない、服を脱がせてはいけないと、考えた結果だった。

自分の寝室のベッドで眠る椿の姿を眺めていたら、勝手に顔がニヤニヤしてきた。

途端に酷い罪悪感に襲われて、鳴上は脱ぎ捨てていたスポーツウェアを早々に掴み、自分の寝室から立ち去った。

その晩はリビングのソファーで横になりながらキスの余韻に浸りつつ、椿からの返事を受ける際のキメ顔の練習に励んだ。


朝になり、鳴上の寝室から驚いたような声が聞こえた。

それからすぐに、昨日のコート姿のまま、椿がリビングに飛び出してきた。

ソファーで横になっている鳴上の姿を見て、全てを理解したように頭を下げる。

「すみません！　私、酔って帰ってきて先輩のベッドを占領してしまいました！」

状況だけなら、それで合っている。

椿の脳裏では、緊急脳内会議が開かれる。

鳴上が更に歩み寄ろうとしてくれている。ここは素直に甘えた方がいい。

でも待って。先輩はこの結婚生活を円滑に回す為に、無理をしているのかも。

私は昨晩、ルールを変えなければならないと思うほど、先輩に絡んじゃったのかな。もっと謝らなくちゃ。

でも『夫婦になって欲しい』って、いつか先輩も私を好きになってくれる可能性があるってこと？

順番なんてものはなく、浮かんだ思考が乱舞する。

ルールがなくなるかもしれない。

ルールがなくなると、先輩の帰りが遅い時には心配してもいいし、体調が悪い時には看病もできる。

帰宅時間だって聞いても良くなるから、その流れで夕飯のリクエストだってさりげなく聞ける。

実家で暮らしていた以前の椿なら、ただ俯いて「このままで大丈夫です」と言うだろう。

しかし、椿は自分らしくなろうとしている。

偶然と暴走が相まった奇跡で好きだった人と結婚できたのだから、ここで「大丈夫」なんて言うものか。

同情や義務ではなく、興味や愛情を持って触って欲しいし、触りたい。

鳴上詩郎という人間に愛されて、生涯の唯一無二になりたい。

昨日のことは、失態ではなくチャンスだと考えよう。

先輩が気にしてくれるなら、無下に断る理由なんてこの世のどこを探したってない。

ずるいかもしれないけれど、この流れを掴んで――。

（絶対に、先輩に私を好きになってもらう）

強くそう心に決めた。

一緒にいられればいい。なんてなまっちょろい心ひとつだけでは、この美しい人を繋ぎ止めておくには不安が多過ぎる。

結婚していたって構わないと牙を研ぐ、不埒な女豹《めひょう》だっているかもしれないのだ。

鳴上はあんなに端整な顔をしていて格好良いのに、家用の眼鏡は曇り止めを使わないから、コーヒーを飲む時にはいつもレンズを白くしている。

今だって、そうだ。きっと白く視界は覆われて何にも見えていないのに、真面目な話を切り出した。

そんな天元突破《てんげんとっぱ》な天然の可愛らしさを持ち合わせた鳴上など、騙《だま》されて女豹にぺろりと食べられてしまう。

そんなのは絶対許さない。椿の独占欲は、意外と強かった。

「変更ではなく、結婚前に決めた三つのルール自体をなくしませんか？　それと私も、先輩を大事にしたいです」

鳴上は椿の発言に、おっと口を開いた。

「大事に、してくれるんですね」

ふふっと小さく笑いだした鳴上は、眼鏡を外し目元を擦ると、肩を震わせてソファーから雪崩《なだれ》落ちた。

そのままテーブルに突っ伏してクックッと笑うので、椿はこぼれそうなコーヒーを遠くにどかした。

「そんなに笑わないで下さい。私、変なこと言ったつもりはないんですよ？」

椿は鳴上の焦げ茶の髪から覗く、つむじを指でつんつんと押す。

「押さないで下さい、くすぐったい」

やめてと言いつつ、鳴上は顔を上げずに笑い続ける。

一瞬、椿は鳴上が泣いているのかと思ったが、やはり可笑しくて突っ伏しているだけだろう。

今は、そういうことにする。

時々鼻をすする音が微かにするけれど、気付かないふりだ。

この、どうしようもない寂しさを抱えたまま大人になったこの人を、嫌というほど大事にしたい。

この先、うんと先までずっと。

「先輩のつむじの場所はわかるけど、笑いのツボはよくわかりません」

椿は、優しい手つきで鳴上の頭を撫でた。

鳴上が眼鏡を畳んで握っている。

その手に残る、小さな火傷、古い切り傷の痕《あと》が見えた。

大学生時代。椿は憧れと恥ずかしさのあまり、鳴上と目を合わせることができなかった。俯いた椿がずっと目に焼き付けていたのは、鳴上の手。

目の前にあるそれに自分の手を重ねて握りたかったが、眼鏡が歪《ゆが》んでしまうかもしれないので、止めた。

五章

平安時代。貴族は和歌に好意を込めて詠み、相手へ送った。

なかには恋に破れて床《とこ》に伏せ、命を落とす貴族もいたと鳴上は教科書で読んだことがある。

失恋したくらいで、寝込んで死んでしまうなんて……メンタル絹豆腐なのか？

あの頃にはその辛さがさっぱり理解できなかったが、今ならわかる。

恋する心は、紛うことなき絹豆腐だ。生まれたての子猫だ。とろけるプリンだ。

少しでも乱暴に扱ったら、すぐに潰れてしまいそうで恐ろしいものだった。

ぶるぶる震える恋心をもし両手にのせられたら。

和歌のひとつでも詠んで心を落ち着かせた気持ちも、好意を無下にされたら寝込む気持ちも鳴上はよくわかった。

ついにクリスマスを数日後に控え、鳴上の心は非常に焦っていた。

椿から、クリスマスプレゼントに欲しいものをまだ聞き出せていないのだ。

持っていくと重宝するんですって！　肉や魚、お野菜なんかにも合う万能調味料らしくて」

キャンプと聞いて、鳴上は椿がキャンプに行きたいのかと、すかさずスマホを取り出した。

「キャンプ、年末に行きますか？　どの辺とか希望は？　それともグランピングにしますか？」

素早い鳴上の決断力と行動に、椿は大いに慌てた。

「や、行けないです。キャンプ興味ありますけど、年末はゆっくりするって言ったじゃないですかっ」

そうだった。正月に両家へ挨拶に行くのに忙しくなる為、年末はゆっくりしようと話していたのを鳴上は思い出した。

つい、椿の願いは何でも叶《かな》えたくなってしまう。

特に今は、欲しいものを探っている最中だから余計に反応してしまった。

「そうでしたね。年末は自宅でゆっくりするんでした……朝から晩まで二人でゆっくり」

思わず顔がニヤけそうになり、鳴上は眼鏡の位置を直すふりをして誤魔化した。

「先輩、今夜って持ち帰ってきたお仕事ってありますか?」

隣から、椿が白い息を吐きながら聞いてきた。

「いえ、ありません」

「なら、良かったら今夜はこのまま少しだけぶらぶらしませんか? 調味料買って、夕飯も外で済ませて、先輩と散歩しながら帰りたいです」

椿の提案に、鳴上はすぐに了承した。

「いいですね。お店なんかも、少し覗いて行きましょう」

さりげなく提案すると、「そうしましょう!」と椿が喜んだ。

これはまたとない、欲しい物をリサーチするチャンスがやってきた。

よしっ!と心のなかで掛け声を上げて、何度も脳内で繰り返したシミュレーション通りにさらりと椿の手を取った。

「寒いですし、人も多いので、はぐれないように手を繫ぎましょう」

熱を奪っていく夜の冷えた空気、人が足早に行き交う状況に背中を押され、そうするのが当たり前のように手を繫いだ。

「ふふ、そうですね。先輩から離れないで済みます」

お互いに手袋越しだが、椿がきゅうっと握り返してくれた。

「……先輩の手って、思ってたよりずっと大きくて。今でも、触れるとたまに驚きます」

「自分は、椿さんの手や指が華奢《きゃしゃ》で、触れる度に大切にしなくてはと思うんですよ」

「大切……」

少しでも力を入れたら痛がるんじゃないかと、鳴上はいつも加減を探っている。

好きな人に触れるのは、勢いやタイミング、加減が難しい。

もっと触れ合っていたいと、口にできればいいのに……自分は「好き」だという気持ちを再度、伝えることをしていない。

もしも「まだそういう風には考えられない」なんて言われたら立ち直れないと、ぶるぶると恋心が震えるのだ。

今は、さりげない風を装って触れるのが精一杯だ。

「あー……、今こっちを見ないで下さい、恥ずかしくてだめです」

そう言ってふいっとあっちを向いてしまった椿を、鳴上はこっそりとチラチラ見る。

明らかに照れている風で、大きく潤んだ瞳に街の灯りが映り込みキラキラと光って見えた。

嫌われてはいない。

むしろ……、とも感じる瞬間もある。

そういう時、鳴上は椿をぎゅうぎゅうに思い切り抱き締めてしまいたくなる。

胸に渦巻く熱くて衝動的な感情が過ぎ去るまで、奥歯をぎりっと噛んで耐える。

弱腰、男らしくない。自分でもそう思う。タイミングなんかを、何度も逃してしまっているのはわかる。

だけど、これは鳴上にとって生まれて初めての恋なのだ。

駆け引きなんてさっぱりできない。レベル1からのスタートだが、慎重に必ずいつか……。

「あ……先輩、やっぱり見てた」

鼻の先まで赤くした椿が、ふいに見上げてきたので目が合ってしまった。

「バレてしまいました」

「ふふ、見ないで下さいって言ったのに」

怒ったように聞こえる言葉とは裏腹に、椿は微笑んだ。

目指した店で、お目当てのスパイス調味料を買えた。

輸入食品を数多く扱う人気の店で、それは一番目立つ所に山積みにして売られていた。

通りかかる客が一度は足を止めて眺めているのを見ると、椿が言うように何にでも合う調味料なのかもしれない。

「明日、早速使ってみます。オーブンでお肉も野菜もグリルして、キャンプ風にしましょうか」

「美味そうです。帰りに買い物していきますか?」

「はい! せっかくなら骨付きの豚ロースとか……あっ! そうだ、それをクリスマスのご馳走《ちそう》にしましょう。先輩、がっつりしたお肉料理好きですもんね」

どうでしょう?と聞かれ、異論はないと伝えた。

先月、密かにクリスマスディナーの予約を取ろうと考えていたが、椿が何か家で作りたいと言っていたのだ。

「色々考えてたんです、クリスマスは何を作ろうかなって。先輩の好きなもの、たくさん作りますから楽しみにしていて下さいね」

「楽しみにしています。自分もケーキ担当として全力を尽くしましたので、お楽しみに」

料理は椿、ケーキの予約は鳴上と先月決まった時点で、鳴上は血眼《ちまなこ》になってまだ予約可能な有名パティシエのいるケーキ店を探した。

椿はチョコレートが好きなので、チョコレートケーキがいいだろう。

ここまで情報があれば行動も早い。滑り込みで、青山《あおやま》にチョコレートの店を構えるフランス人パティシエが作るケーキを予約できた。

きっと椿は目を輝かせて喜ぶ。その姿を想像するだけで、鳴上はクリスマスが楽しみになっていた。

問題は、プレゼントだ。今夜は確実に情報が欲しい。

輸入食品店があるこの通りは駅の近くだけあって、ブランドショップや花屋など多種多様な店が並ぶ。

二人でまた手を繋ぎ、ゆっくりと見てまわる。

「あっ、あのコスメのお店に寄ってもいいですか？　石田さんが探しているリップがあって、在庫があるか見てあげたくて」

椿の視線が向かう先にある海外コスメブランド店は、クリスマス前なのもあって賑わっていた。

黒色の什器《じゅうき》で統一された店内は、ブランド店らしく高級感に溢れて清潔感もある。

ぴしりと黒の制服を着こなして髪を綺麗に整えた、BA《ビーエー》たちの挨拶も気持ちがいい。

椿は早速、挨拶をしてくれた近くの店員に声を掛けて、探しているリップの品番を伝えている。

特に見るものもない鳴上は、椿が店員とやり取りする側に寄っていく。

「先輩、今、他の店員さんが在庫の確認に行ってくれてて。もしかしたらあるかもって！」

にこにこ笑う椿に、鳴上の目尻も自然に下がる。

「ちょうど再入荷したところなんですよ」

ＢＡは椿のタイミングの良さを褒めた。

「でも、さすがにクリスマスコフレは予約締め切ってますよね。一度は諦めたけど、実際に店頭に飾られたサンプルを見ると……可愛いなぁ」

クリスマスに合わせた限定のコスメセットのサンプルを見て、椿がほうっと息を吐いた。

（椿さんは、クリスマスにこれが欲しかったのか……⁉）

予約が締め切られたというポップを見て、すぐにＢＡの顔を見てしまった。

すかさず鳴上の視線に気付いたＢＡは、椿がコフレに見蕩《みと》れている隙に小さく首を振った。

（ご用意ができず、申し訳ございません）

そんなＢＡの声まで脳内に聞こえてきそうな、感情のこもった首の振り方だった。

普段は冷静な表情の鳴上も、思わず残念だと伝わる顔を作ってしまったくらいだ。

「……奥様。今年のコフレは予約完売してしまいましたが、それとは別にリリースされたクリスマスシリーズが……」

リップと、アイシャドウ。三種類のカラーバリエーションで、パッケージも冬、クリスマスを意識した大人可愛い仕様のコスメのディスプレイに目をやる。

「あのシリーズもとても可愛いですよね。でもクリスマスコフレと同じで、どこも完売していると友達から聞いています」

残念そうな椿の声が、鳴上の心に容赦なく刺さる。

自分の勇気と配慮が足りないばかりに、欲しいコフレを買ってあげられないなんて。

表には出さないが打ちひしがれ始めた鳴上の雰囲気を、販売員のプロとして察したＢＡが続ける。

「そうなんです。あのシリーズも大変ご好評をいただき発売してすぐに品切れが続いてしまっていました」

いました、とは。まるでそれでは、今この店に……。

鳴上は、ハッとBAの発言の意図を感知した。

「あります、リップとアイシャドウの全シリーズ、少量ながら本日再入荷しております。今でしたら、ご用意できる可能性が高いかと」

そう椿に言いながら、BAは鳴上の方も見た。

代替だが、こちらなら用意ができると強く訴える、自信ある表情だ。

店内はカップルや女性客で賑わっている。この会話の間にも、ひとつふたつと売れてしまっていることだろう。

鳴上はサプライズにこだわっていた。

しかし先ほどのクリスマスコフレの件で、そんなこだわりは捨てようと瞬時に決めた。

（全種類ひとつずつ、買ってプレゼントします！）

「つばきさ……っ」

クリスマスプレゼントに、自分に買わせて下さいと、そう言いかけた瞬間だった。

「買います！　あの、欲しいリップとアイシャドウがあって、品番がわかるようにスクショも撮ってありますっ！」

椿が食い気味に、鳴上の声の上から被せてきた。

ＢＡは、きっと椿が鳴上に「どうしよう？」と可愛くおねだりするのだと予想していた。

そして、鳴上の様子を見て、密かにクリスマスにプレゼントするものを探していることを感じ取っていた。

しかも、コフレは残念だったが、クリスマスシリーズは全種類をお買い上げしてくれそうな雰囲気が強烈にしていた。

だが、しかし。ＢＡが知らないのは当然だが、椿は駆け引きなど知らない、恋愛初心者なのだ。欲しいものをおねだりする、という発想はまるでなかった。

結局、椿は珠里が探していたリップと、自分が欲しかったリップとアイシャドウを自腹で買った。

良かった、嬉しいと何度もＢＡに伝える椿を見ながら、鳴上はプレゼント探しが振り出しに戻ったのだと痛感していた。

「本日はご来店、ありがとうございました。またのお越しをお待ちしております」

リップが二つとアイシャドウの入った小さな紙袋を渡す時に、ＢＡはふと椿のピアスに目を留めた。

「奥様がされているピアス、もしかしてあのフランスのブランドのですか？」

薔薇を模したローズゴールドの中心に、小さなダイヤモンドが配置されたシンプルなピアスだ。

ハイブランドピアスだが、椿はデザインが大変気に入り、清水《きよみず》の舞台から飛び降りる思いで購入していた。

「そうです、当たりです。イエローゴールドと迷って悩んで、ピンクを買いました。本当は両方欲しいほど、大好きなデザインなんです」

人気のハイブランドピアスだが、とにかくお値段もハイクラスなので品切れなどは聞いたことがない。

直営店のショーケースのなかに堂々と鎮座している、ブランドを代表するピアスだ。

ＢＡが鳴上をちらりと見ると、その表情は先ほどとは違ってぱあっと明るくなり、ニッコニコになっている。

ハイパーイケメンの笑顔に、ＢＡの連勤の疲れも吹き飛ぶ。

(少しはお役に立てたでしょうか。ご検討をお祈りします！)

二人を静かに見送りながら、ＢＡは心のなかで鳴上にエールを送った。

帰りに落ち着いた雰囲気の良い蕎麦屋で日本酒を少し飲みながら食事をし、大きなスーパーで食材を楽しく買い込んだ。

そして荷物はあるが、また手を繋いで帰ってきた。

リビングの時計の針は、二十三時を指している。

随分と遅い時間になってしまったが、まだ楽しい気持ちが収まらない。

お互いに風呂から上がっても、眠るのが惜しくリビングで今夜の話をしていた。

「とても楽しい夜でした。買い物したり、ゆっくりお酒をいただいたり……先輩とまたあのお蕎麦屋さんに行きたいです」

「気に入ってもらえて良かった。あの蕎麦屋はこのマンションを買った時の決め手のひとつだったんですよ」

「美味しいものがすぐ食べに行ける環境はいいですよね。子供の頃、一度だけ母と二人きりで行ったお蕎麦屋さんに雰囲気が似ていて、懐かしくなってしまいました」

パジャマに着替え、髪をおろした椿が懐かしそうな表情を浮かべた。

椿の母といえば。あの父の側で、いつもどこか意識だけを遠くにやっているような雰囲気の女性だ。

美しい人だが、ふらりと消えてしまいそうな危うさがある。

「私を産んだせいで手術をしてから、母はずっとああで……父は私にますますあたるようになったんです」

「聞いてもいいんでしょうか……手術とは」

「私を出産する時に、出血がかなり酷かったらしくて。どう処置しても止まらなくて、最後は子宮の摘出になりました」

椿の父は、上之園家に入った婿《むこ》養子だ。

妻には跡継ぎとなる男子を産んでもらいたかったが、最初の子供は双子の女児だった。

病弱な妻にはそれだけでも大変な負担だったようだが、それでも父は次の子供を、男児を欲しがった。

間はあいたが数年後に妊娠し、出産したがまたもや女児。しかもその出産時の負担で大出血を起こし、妻は子宮を失ってしまった。

父は絶望し、その感情を隠そうとはしなかった。そして母はこれ以上自分が壊れてしまわないようにと、自らの心を遠くへやって隠してしまったのだ。

「そんなことが……。でも、それで椿さんにあたるなんて、母子ともに生き残ったことに感謝すべきなのに……っ」

鳴上が椿と母を想い、強く怒ってくれているのが伝わってくる。

「ありがとうございます」

椿は鳴上の隣で、更にぴったりと身を寄せた。

「……母も耐えられない時があったようで、衝動的に子供だった私を連れて家を飛び出したんです。あちこち散々歩き回って、ふと入ったお蕎麦屋さんで母が泣き出してしまって。結局お手伝いさんが飛んできて、そのまま家に戻されてしまいました」

白い顔に汗をいっぱいかいて、椿の手を握り歩き続ける母の顔。

ふと入った蕎麦屋で、椿のまあるい頬を撫で、はらはらと泣き出した母の顔。

どれも鮮明に、怖くなるほど覚えている。

母が椿の為だけに心を砕いた瞬間を、椿は今まで忘れたことはない。

「それから、母は更に心を遠くにやってしまったので……父の苛立ちは私に向いたのですが、お姉ちゃんたちがいましたから」

大丈夫でした、そう言い切って椿は笑った。

「今は自分もいます。椿さんには自分も、鳴上の家の父や母もいます。樹月も椿さんの味方ですからね」

何度も言い聞かせるように、鳴上は椿に向き合って目を見つめて再度言葉にする。

「自分と椿さんは、家族です。まだ新しくまっさらぴんですが、安心して下さい」

自分が貴女を生涯守りますと言い、鳴上は椿を抱き寄せた。

椿も自然に鳴上の背中に手を回す。

「頼りにしています。旦那様」

くすくすと笑いながら、椿は素直に身を預け甘える。

「お任せ下さい、奥さん。安心してもらえるなら、ロケットでも何でもご用意しますよ。なんせ、自分はそういう商売を生業《なりわい》としていますので」

その言い方が可笑しくて、椿は心から笑った。

そこに鳴上の唇が軽く降ってきて、食まれ、次第に深いものに変わっていく。

唇の隙間から舌をちろりと探るように入れられて、自分からもそろりと差し出してみた。あの、椿が酔ってキスをおねだりした日以来、二人は不器用ながらもキスをする関係にまで発展している。

恥ずかしくて目は開けられないが、鳴上の微かに荒い息遣いに体が熱くなるのを感じる。

「……ん、はぁ」

息継ぎの際に甘ったるい声が漏れてしまうと、鳴上の手がくすぐったく耳元を触ってきた。

お返しとばかりに、椿は自分の口内を優しくまさぐる鳴上の舌を軽く噛んだ。

「……っ⁉」

びくりと鳴上が反応したのが可愛らしくて、椿は唇を離し、思い切り鳴上の首元に抱き付いた。

「先輩、可愛い……なんでそんなに可愛いんですか？」

「……ふは、ありがとうございます。どうして可愛いのか……椿さんが教えて下さい」

二人はソファーで抱き合ったまま、じゃれ合う。

これから別々の寝室に向かうのを、心から惜しい気持ちでいっぱいになりながら。

そして二人は同時に、同じことを考えていた。

(とにかくタイミングをみて、好きだって伝えて……だけど意識して、このいい感じの関係が変わってしまったらどうしよう)

変化を恐れるあまりに、二人はなかなか気持ちを口にできないでいた。

クリスマス当日の夜。

鳴上は無事に、椿に色違いのピアスをプレゼントできた。

椿はピアスが収まる小さなビロードの箱を開けては閉めて、「嘘みたい……！」と繰り返す。

「や、先輩、これってあのピアスの色違いですよね⁉」

見間違える訳はないが、一応確認を取りたかった。

「はい。椿さんがイエローゴールドも欲しかったと言っていましたので、プレゼントしたくて用意しました」

ギリギリ七桁に届く額のピアス。椿だって、ピンクゴールドのピアスを購入した際には人生三回分はしっかり悩んだ代物だ。

「大事にします、一生大事にします……うわあ、やっぱり可愛い……すごく嬉しいです」

語彙《ごい》力が溶けて、泣き出しそうな様子で椿は喜んだ。

椿からのプレゼントは、店の名前が箔《はく》で押されたシックな茶色の封筒に入っていた。有名な高級テーラーで使える、シャツの仕立て券が二枚。

「あっ、これは……！」

紹介がないと仕立ててはもらえない、ＶＩＰや要人御用達の高級老舗テーラーのものだった。

ひと目でわかる生地や仕立ての良いスーツは、それだけで一目置かれる。政財界の人間でも、一生に一度作ってもらえるかわからない。テーラー側も、客を厳しく選ぶからだ。

「上之園で昔からお世話になっているテーラーです。お店のご主人から、最初はシャツ、次はスーツを仕立ててあげるからと……なので今度、寸法を測りに行きましょうね」

いいお店なんですよと、椿が笑う。

「採寸デートですね。このテーラーは憧れでした、すごいな……ありがとうございます。とても嬉しい」

あのテーラーに出入りが許される。

今更ながら、椿は上之園のお嬢様なのだと、鳴上は密かに息を飲んだ。

そんなクリスマスが終わると、あっという間に正月がやってきた。

元日は鳴上の実家に挨拶に行き、二日目は椿の実家に行こうと決めていた。

鳴上の養父母と弟が暮らす家は、二人が暮らすマンションから車を二十分ほど走らせた距離にある。

閑静な住宅街に建つ、ひと際大きな洋風の造りの家だ。

「あけましておめでとうございます」

玄関先で挨拶をすると、二人を待っていたと温かく迎えてくれた。

鳴上の養父は、普段のスーツ姿とは違ってリラックスした私服。

優しげな顔つきですらりと背が高く、この日もにこやかだ。

「椿ちゃんは座ってて。たくさんお料理用意したから、好きなだけ食べてね！」

そう言ってくれるのは、鳴上の養母。小柄でふくよか、お料理上手でとても明るい。

ずっと野球に取り組んでいる樹月をサポートしていたので、どこにでも車で飛んでいくフットワークの軽さを持つ。

リビングの大きなテーブルには華やかなお節《せち》と、たくさんの家庭料理が並んでいた。

椿は鳴上が一緒でなくても、ひとりで鳴上家に遊びにくることがある。大抵は義母がひとりでいるところに顔を出すのだが、時には義父や樹月が在宅していて、わいわいとリビングに集まり賑やかに過ごすこともあった。

最初は、呼ばれて緊張しながら遊びにきた。

その日は義母が用意した美味しいご飯を食べ、お茶を飲んだ。

次は、パンを焼こうと誘われた。

パン生地の発酵を待っている間、義母は神妙な面持ちで椿にゆっくりと話をした。

詩郎は責任感があるが、子供の頃から人を上手く愛せない。

嫌だ、寂しい、もう耐えられないと思ったら、別れてもいい。

でももし。もし、それでも詩郎と一緒に生きてくれるというなら。

どうぞ詩郎を、よろしくお願いします。

そう言って、深くふかく頭を下げた。

椿は義母に、死が二人を分かつまで自分は彼の側にいるつもりですと返事をした。

義母と椿は、その日から更に仲が深まった。

義父も話を聞いたのだろう。二人は椿を本当の娘のように大切にしてくれる。

「あー、にーちゃんたち！　あけましておめでとうございます」

スウェット姿の樹月が二階から下りてきた。

「おめでとうございます。まだ寝てたんですね」

「昨日、夜中に初詣に行ってきたんだよ。友達皆、卒業したらバラバラになるし、思い出にってさ」

「樹月ってば、ほんの数時間前に帰ってきたのよ。初日の出まで見てきたんですって」

義父と義母が楽しそうに笑う。樹月はテーブルに行儀良く着いた。

そのタイミングで、鳴上は樹月に「これが最後です」と言ってお年玉袋を渡した。

「大切に使って下さい。春にはもう樹月も社会人ですから、来年からはあげられなくなります」

「にーちゃん、今年もありがとう！　でもついに最後かぁ」

「樹月も春には、同じ鳴上商事で働く仲間です。困ったことはすぐに自分に相談して下さい。そして悩んでいる人がいたら、進んで声を掛けてあげて下さい」

樹月は素直に鳴上の話を聞き、頷いている。

「こうやって見てると、樹月は詩郎の子供みたいだよなぁ」

義父が楽しそうに呟く。

「そうね、昔っからこうなの。詩郎が社会人になって、樹月にお年玉をあげ始めてからの習慣なのよ」

そう言って目を細めたのは義母だった。

それから皆でわいわいと料理を食べ、テレビを見ながら駅伝を応援し、帰りには料理の入った折り詰めを三つも持たせてくれた。

ガレージまでは、樹月が見送りについてきてくれた。

「あ、そうだ！　最近筋トレの方法を変えたんだけど、どう？」

樹月がジーンズ越しに立派な尻を二人に見せてくる。

「良いと思います、相変わらず張りがありますね」

椿が褒めるものだから、樹月は気持ちがいいが、鳴上は少し面白くない。

しかし、弟の努力の成果である尻を、私情の為にけなす訳にもいかない。

「いいんじゃないでしょうか……さ、椿さん。帰りますよ。樹月、また連絡します」

椿を助手席に乗せ、お土産を後部座席に丁寧に置くと、「それじゃ！」と鳴上は素早く運転席に乗り込み出発してしまった。

そしてマンションに帰宅後。

鳴上はソファーの上で椿を抱っこし、首筋にぐりぐりとマーキングでもするように、額を擦りつけ続けた。

翌日は椿の実家へ挨拶に向かったが、そこにいた女性たちはまるでお通夜のように静かで、鳴上は驚いた。

誰も笑っていない。楽しそうにしているのは、飲み食いばかりして動かない主や親戚の男たちだけだ。

忙しなく動き回る女性陣のなかに、椿は姉のあやめを見つけた。

「あやめちゃん、お疲れ様です。お母さんは？」

「あんまり起きていられないんだけど。今朝はご飯、食べられたみたい」

「ありがとうね、あやめちゃん」

「良いってことよ。鳴上くんも、あの輪に捕まる前にさっさと挨拶しちゃって、すぐに椿を連れて帰りなね」

あやめは、しっかりと鳴上に念を押した。

鳴上はあやめの言葉から、あの男たちが椿に昔から良くないことを言っていた奴らなのだと悟った。

「母はお正月にはこの場にはこないので、挨拶はまた今度会えたら……」

正月は毎年本家となる上之園に多くの人間が集まる為、体調を崩す母親はいつもあやめの家に避難させるのだという。

母の代わりに、長女のあやめが毎年宴会の用意を仕切る。

何ともいえない重苦しい空気が、屋敷全体にまとわりついている。

あやめの忠告を受け止め、鳴上は素早く椿の父に挨拶をし、酒をすすめられる前に椿を連れて帰宅の途についた。

「椿さん、近いうちに、あやめさんと牡丹さんをうちに呼びませんか？　また皆で楽しくお酒を飲みましょう」

気遣いに感謝し、椿はその場ですぐ、あやめと牡丹にトークアプリからメッセージを送った。

姉たちからは、夕方に揃って返事がきて、翌々日には鳴上のマンションで楽しい地獄の酒盛りが開催されたのだった。

六章

満員電車に乗り込めば、嫌でも体は仕事モードに戻っていく。

お正月も終わり、生活が通常運転になってからやっと一週間が経った。

一月の空気はキンと冷えていて、いつもよりずっと清浄に感じる。

鳴上より先にマンションへ帰宅する椿は、毎日ポストの確認をするのが日課になっていた。

その日も郵便受けを覗くと、シンプルな白い封筒が一通届いていた。

手に取ってみれば、印刷されたラベルにはこの住所と椿の名前がある。

裏側に差し出し人の記載はなく、椿は不思議に思いながらそれをバッグに入れてエレベーターホールへ向かった。

コートを脱ぎ、手を洗い、夕飯の支度の前にあの封筒を確認しようとバッグから取り出す。

改めて見ても、差し出し人は書いていない。

そこが余計にとても気になってしまい、椿は中身を切らないよう気をつけながら封筒の端にハサミを入れた。

「……何、これ」

中身は、数枚の写真だった。

微妙な角度やモザイク処理で顔が写っていない女性と。

裸の鳴上が、ベッドの上でいやらしく絡み合った姿だった。

それが数枚、それ以外には何も入っていない。

「浮気……？　いや、でもなんだか違う感じがする」

この写真が撮られたのは、最近ではない気がするのだ。

雰囲気が違う、と言えばいいのか。椿の女の勘が違和感を訴える。

何か、はっきりとは言えないけれど。

「結婚前とかかな……。付き合ってた女性だって、いておかしくないもんねー……」

ショックといえばショックだが、このような写真を送ってくるという行為の目的地の方が気になる。

これを見た椿にショックを与えるのが目的か、鳴上と椿を険悪なムードに陥れるのが狙いなのか。

椿は考えるが、とにかくこれは鳴上に関わる過去の人間からの嫌がらせだという結論に落ち着いた。

新婚生活の為に、新たな部屋に引っ越した訳ではない。鳴上が過去において、この部屋に誰かを連れてきていても不思議はない。

そうじゃなくても、住所なんて簡単に調べられるだろう。

ただ、鳴上なら別れる時にはきちんとしているはずだと、妙な信頼があるのだ。

酷い別れ方はしないだろうと、謎の信頼を寄せている。

「どうしよう、とにかく先輩には言いたくないな」

鳴上と椿、二人はルールを撤廃してからスキンシップが増えている。

手を繋ぎ、抱き締め合い、蕩けるようなキスを交わす。かなりの大前進だ。

椿はまだずっと慕っていたことを伝えられずにいたが、鳴上との距離が確実に縮まっている日々に幸せを感じていた。

慣れたら、寝室も一緒にしようと鳴上から言われている。

そんな大事な今、こんな写真にかまけている暇はないのだ。

気になるし、ムカつくし、写真の女性に嫉妬だってちょっとしている。

じめっとした悪意を向けられて、気持ちいいと思う嗜好《しこう》は椿にはない。

何より、こんな写真で鳴上と気まずくなんてなりたくなかった。

椿はこの写真を鳴上には見せず、ひとりで処分することに決めた。

写真だとはわからないほど細かく破り、念入りに生ゴミと混ぜて袋の口を閉じて捨てた。

とはいえ、捨ててすっきり、という訳にはいかない。

あとから帰ってきた鳴上の顔が見られなかったり、写真の女性は誰なのかともんもんとしてしまったり。椿は少なからず、あの写真の送り手からの悪意に苦しめられた。

過去に誰かとお付き合いがあるのは、別におかしくない。

おかしいのは、私にその写真を送ってくる誰かだ。

そう自分に言い聞かせて普段通りに振る舞うと、わずかずつだが削がれた気力が戻ってきた。


だから、またあの見覚えのある封筒を郵便受けのなかに見つけた時、椿の頭は真っ白になってしまった。

悪意の刃の切っ先は、まだ向けられ続けていたのだ。

椿はあの時と同じように、その封筒をバッグに突っ込んでエレベーターに乗り込んだ。

まだだ、一度きりじゃなかった。

送り主に吐き気と怒りを感じながら、足早に部屋へと入る。

コートも脱がずに、リビングで改めて封筒を取り出し確認を始めた。

見覚えのある、ラベルに印刷されたここの住所と自分の名前。

裏側には、差し出し人の名前はまたもや記載なし。

ハサミで端を切り中身を確認すると、やはり前回と同じく写真が数枚入っているだけだった。

一枚、一枚確認していく。今回も女性の顔は画像処理が施されていて見えないが、男性の顔は確かに鳴上だ。どれも男女が睦《むつ》み合う写真だった。

「新作なんて要らないのに」

前回より大きなショックはないが、それでも椿は傷つく。

この悪意が自分にだけ向けられているなら、我慢する。

しかし、SNSなどで拡散されてしまったら……。そういった過去の女性からのリークが元で、SNSで炎上なんて珍しくない。

まだ暖まりきらない広いリビングで、椿は頭を抱えた。

鳴上に傷ついて欲しくない。

過去の女性の話なんて、聞きたくない。

鳴上に伝える？　ここだけで収まらず大事《おおごと》になったら、鳴上の両親や樹月にも心配を掛けてしまう。

「お願い、これで終わりにして……」

封筒に写真を戻し、今度は自室のクローゼットの奥に隠した。

けれど心に落ちた影は、そう簡単には隠せていなかった。

鳴上と一緒にいる時には、気が張っているのか普段通りに、むしろちょっとはしゃいで誤魔化してしまっていた。

その反動は、会社で出た。

業務には差し支えないが、顔には陰鬱な表情が浮かんでくる。

デスクが近い社員たちは、チラチラと椿を見て心配するが声を掛けられない。

そして椿は、そういった周囲の戸惑いを感じ取れないほど気落ちしてしまっていた。

「椿、何かあった？」

昼休み。一緒に社食でランチをとる約束をした珠里に指摘をされた。

珠里は椿を苗字で呼んでいたが、結婚で変わったのを機に、名前で呼んでくれるようになっていた。

椿はまだ珠里を苗字でしか呼べていないが、珠里は慣れたら呼んでねと笑ってくれている。

椿は悩んだが、もしかしたら何か新しい視点や、椿の知らない先人たちの体験談が聞けるかもしれないと覚悟を決めた。

「……石田さん、もし良かったら話、聞いてもらえないかな」

椿たちの座る席周辺は、お茶やお水のサーバーから遠いせいか、賑やかな社食でも利用する人が少ない。

辺りを見回し、会話の聞こえる範囲に人がいないのを確認した。

「どうしたの、旦那さんとケンカした？」

珠里はミックスサンドとサラダを前にして、パキパキとペットボトルのお茶の蓋を開け始めた。

「ケンカはしてない。だけど、私宛てに変なものがね……し、詩郎さんと多分元カノの写真が送られてきてて」

「はあっ!?」と驚いた珠里は、思わずペットボトルを強く握ったようで、お茶でブラあれ、と妙な違和感がある。確か、初めに写真が届いた時にも、こんな感じがあった。あの時は、過去の写真だからなのかと思っていたけれど……。

「なんか……この男の人、本当に先輩なのかな」

顔は鳴上に間違いない。引き締まった体も、それっぽい。

ただ、鳴上の裸を見たことはないが、なぜか引っ掛かるものがある。

椿は注意深く、写真を見ながらその違和感と対峙していく。

写真をずっと見ていると、まるで自分がその空間にいるような錯覚を覚える。

背徳的な赤い壁紙の部屋、シーツに広がる乱れた女性の髪。

鳴上の手が、女性の乳房を乱暴に掴んでいる。指の間から盛り上がる、柔らかそうな脂肪を見て……。

「……あっ」

椿は更に、その写真に拡大鏡を近付ける。

「この男の人、やっぱり先輩とは違う……？」

送られてきた写真で、ここに残っているのは八枚。そのうち、男性の手が写っているものを抜き出した。

じっと、その数枚を凝視していると、椿のスマホが鳴り出した。

ディスプレイを見ると、父の名前が表示されている。

気は進まないが、何かあったのかもしれない。

写真と拡大鏡を置く。迷ったが、電話に出ることにした。

通話ボタンを押し、スマホを耳にあてる。

「……もしもし」

『椿か。お前はどうやら、女遊びも上手くできない男を連れてきたようだな』

「……いきなり、どういうことですか？」

『写真が送られてきてる。早く家にきて説明するよう、鳴上に連絡した。本当にどうしようもない男だな……』

きっと椿が受け取ったものと同じ写真が、椿の実家にも届いたのだろう。

まさかそちらにも送られていたとは。しかし、椿は落ち着いていた。

「詩郎さんは、どうしようもないなんて言われる人ではないです。私にも同じ写真が送られているので、説明なら私がします」

『どうやって』

「ちゃんと説明できますから、とにかくすぐにそちらへ向かいますね」

父の返事を待たずに電話を切る。

椿はさっさと父の向かいにあるソファーに座った。

不機嫌な父を見て、椿はもうずっとその顔をまともに見ていなかったことに気付いた。

染めていた髪を、自然なロマンスグレーにしたのはいつだったろう。

こんなにもシワが深くなった目元。家で笑っているところなんて見たことがない。

椿を見る目はいつも苛立ち、気遣う言葉を掛けられたことはない。

ずっと、大きくて恐ろしい人だと思っていた。

……けれど。今は違って見える。

「これは、なんだ？　この間結婚したと思ったら、もう浮気されてるのか」

椿の父は、そう言って写真を指差した。

「その写真の人は、詩郎さんじゃありません」

父は「はぁ？」とわざとらしく言った。

「どう見たって鳴上だろう、お前は浮気されてるんだ。騙されて……この、上之園の恥さらしが！」

バンッとテーブルを強く叩き、威圧してくる。

父は、母にも姉たちにも、いつもこういった態度しかとれない。

椿は小さい頃からこれが心の底から恐ろしくて、ビクビクしながら暮らしてきた。

しかし、今は妙に落ち着いて父を観察できる。

(なんだ……ゴリラの方が紳士的だわ)

そう頭に浮かんだら、睨まれてもちっとも怖くなくなっていた。

「じゃあ、違うと証明できたら。詩郎さんがきたら謝って下さいね」

「どうして謝らないといけないんだ?」

全く悪びれる様子がないのは、傲慢で異様だ。

「きっと、詩郎さんにも電話で色々言ったんでしょう? 言葉で一方的に殴っておいて、誤解を認められず謝れないなんて……上之園の面汚しはやめて」

椿は静かに、真っ直ぐ父の目を見て言い切った。

「……何をっ」

父が拳を振り上げ、立ち上がった。このまま椿を殴る気なんだろう。

椿は、血走り始めた父の目をじっと見ていた。

あんなに恐れていた父は、こんなにも短絡的で情けない生き物だったのだろうか。

そこに、声も掛けられずいきなり襖《ふすま》が開いた。

「……何を、しているんです?」

落ち着いた声、椿の母のものだった。いつもより、ずっとしっかりしている。

こんな母の声は、何年振りに聞いただろう。

椿の無事を確認した視線は、今度は強く咎めるように父をとらえた。

「……な、何って、こいつが親に向かって！」

母の登場とその毅然とした態度に父は気まずそうにして、咄嗟に大きな声を上げて言い訳を始めようとした。

「椿さん、遅くなってすみません」

母の後ろには、鳴上が立っていた。そうしてすぐに椿に駆け寄る。

それを見届けた母は、そのままそっと襖を閉めて去ってしまった。

「お義父さん、落ち着いて下さい。椿さんを殴るなら、自分はお義父さんを殴っ……押さえて止めます」

鳴上は椿を庇うように、その間に立ちはだかった。

（今、『殴って』って言いかけた）

椿は、鳴上が言いかけた言葉を聞き逃さなかった。

父は鳴上という第三者がきたことで、多少は落ち着いたらしい。

自分の姿を客観的に見たのか、振り上げた拳を下ろし、嫌いやながらソファーに再び腰を下ろした。

鳴上も椿の隣に腰掛け、「遅れてすみません」と椿に再び謝罪した。

そうして、椿の背中を何度か大きな手で労るようにさする。

「父が急に呼び立ててしまって、すみません」

椿は鳴上に頭を下げた。父はそれを黙って見ている。

「お義父さん。この度は自分のことでご心配をお掛けしてしまい、申し訳ありませんでした」

鳴上は椿の父に頭を下げた。

「……で、こんな写真が送られてきたんだが。どうしてくれるんだ、こんなものが広まったら……うちの家名が汚れるだろう」

汚れるも何も、実情、上之園本家は父のモラハラで家庭内は冷えきっている。

女たちは父を避け、父はそれにまた腹を立てる。

罵倒し、貶《けな》し、蔑む行為をしながら、上之園の名を汚すなと怒る父が滑稽に見える。

父がしていることこそが、家名を汚すという行いではないのか。

この時、椿は自身にかかった上之園の呪いが消え掛かっているのに改めて気付いた。

囚われて、みっともなく怒鳴り散らす父が哀れに見えるほどに。

「……お父さん。この写真の男性は、詩郎さんではありません」

「証拠があるなら、出せ」

鳴上はテーブルに置かれた写真を眺めながら、椿に「自分ではない」と首を振った。

「詩郎さん、手の傷に触れてもいいですか？」

「手、ですか」

鳴上は不思議そうな顔をして、椿に自分の手を差し出した。

「ごめんなさい。少し捲《まく》りますね。嫌な気分にさせてしまうかもしれないこと、先に謝ります」

ごめんなさい、と頭を下げてスーツの上着を脱ぐように言い、両腕のシャツの袖を捲り上げた。

鳴上の手の甲や腕には、古い傷があった。

煙草を押し付けられたような火傷の痕、何かで切られた傷痕。

薄くはなっているが、それでも痛々しい過去が鳴上の体に残酷に残されていた。

「写真の男性には、この傷痕が一切ありません。顔は画像修正ソフトですげ替えてあるんだと思います、視線が不自然なのがわかります」

椿はバッグから拡大鏡を取り出して、父の前に置いた。

「これで確認して下さい。私は絶対に、詩郎さんを見間違えたりしません」

――これは詩郎さんではありません。

椿は強く言い切った。

椿と鳴上をやり返したい父は、拡大鏡を手に取り躍起になって同じ傷痕を探そうとしている。

だが、見つかるはずがない。

写真の男性は、鳴上ではないのだ。

「自分には、背中にも目立つ傷痕があります。ご覧になりますか？」

椿は鳴上の言葉に、背中にまで痛々しい痕があるのかと泣きそうになった。

誰が、誰が鳴上をそんな目に遭わせたのかと、酷く胸が痛んだ。

父も、探せばさがすほど違和感しかなくなってきたのだろう。

舌打ちをし、拡大鏡をテーブルに投げると、それはガチャンッと派手な音を立てた。

それから最後に見ていた写真を握り潰し、悔しそうに足元に投げ捨てて応接間を出ていってしまった。

応接間に、沈黙が落ちる。

それから、椿は大きく詰めていた息を吐いた。

鳴上の手を取り、捲ったシャツを戻していく。

「椿さん、自分を信じてくれてありがとうございます」

「……私、最初は疑ってしまったんです。驚いてろくに確認もせずに写真を捨ててしまって。でも、また届いたものをちゃんと見てみたら全然違っていました」

「自分は椿さんを悲しませるようなことは、決してしないと誓います」

あっ、と椿は慌てて視線を上げる。

「違うんです。浮気を疑った訳ではなくて、過去の写真だろうと……」

ごめんなさいと、椿は鳴上に謝る。

鳴上は椿の手をしっかりと握った。

「それでも、椿さんは信じてくれた。お義父さんにも説明しようと、ここまできてくれた」

鳴上は、椿にとってこの家がどんなに居心地の悪い場所なのかをわかっている。

鳴上の前では少しは取り繕っていたであろう父親の、上之園家での本当の姿は実に醜いものだった。

「先輩を守りたかったんです。父は電話で酷いことを言いませんでしたか？　先輩ではないと証明できたら謝って欲しいと言ったのですが、すみません」

鳴上は静かに首を振った。謝罪を受けるのは難しいとわかっている。謝る、謝らないで椿を板挟みにしてしまうより、早くここから連れて帰りたかった。

「帰りましょう。車できていますので、道すがら今回の経緯を教えてくれますか？」

「はい。きちんとお話しします」

鳴上はジャケットを羽織り、椿は持参した拡大鏡だけをバッグにしまい応接間を出た。

大きな屋敷ではあったが、暗く静か過ぎる。

ここで暮らすのは、今は椿の両親だけだ。あとは数人のお手伝いさんがローテーションで通ってくるだけ。

長い廊下を進み、広く冷え込んだ玄関で靴を履いていると、背後から小さく声を掛けられた。

「わざわざいらしてくれて、ありがとうございました」

母は鳴上に丁寧に頭を下げた。

和服に身を包んだ、色白でやつれ柳のような姿。

ひとつに綺麗にまとめた髪はまだ黒く艶があるが、痩せた首筋がやけに目立つ。

上之園三姉妹の母親だけあり、それでもしっとりとした美しさだ。

「お義母さんにも、ご心配をお掛けしました。あとは警察に任せたいと思います」

鳴上からも、頭を下げた。椿も隣で一緒に頭を下げる。

「……椿」

名前を呼ばれ、椿はおずおずと頭を上げた。

「お母さん、今日は……」

鳴上は椿の様子を見守る。

「持っていきなさい」

椿の母は、ころんとした蜜柑《みかん》を二つ、椿の手にのせた。


帰りの車内で、椿は初めて封筒が届いた日のことから鳴上に説明を始めた。

一通目は動揺して捨ててしまったが、二通目と三通目は手元に残してある。

どうしたら良いのか悩み珠里に相談したところ、よく見て女性を特定する手掛かりを探すことをすすめられたと話をした。

そうして、男性が鳴上とは違うと気付けたので、父と向き合っても大丈夫だったと語った。

運転する鳴上はそれを聞きながら、これからの対応について考えていた。

「帰宅したら、封筒をすぐに見せてもらうことは可能ですか？」

「はい。一通はここにありますよ」

膝にのせたバッグに、一通入っていると伝えた。

信号待ちのタイミングで、バッグから封筒を取り出して渡す。

鳴上は封筒、それに住所や椿の名前が印刷されたラベルをじっくりと眺めている。

「……あれ？」

「どうかしたんですか」

「帰宅したら、もう一通も見せて下さい……それと」

信号が変わったようで、前の車が動き出した。鳴上も封筒を椿に返し、ハンドルを握ってアクセルをゆっくり踏みだした。

「椿さんは、よく自分ではないってわかってくれましたね。傷痕なんて、だいぶ薄くなっているのに」

今夜は風が強く、特に冷え込むと天気予報で言っていた。

時たま、車が揺れるほどの風が吹き付ける。すっかり葉を落とした街路樹が裸の枝を揺らし、雲をびゅんびゅんと飛ばしている。

こういう夜は、星がいつもより綺麗に見える気がする。

椿は車の外に視線を移しながら、鳴上の質問に答え始めた。

「……ずっと先輩の手を見てたんですよ。学生時代、あの部室で本を読むふりをして。学生時代の思い出といったら、一番に先輩の手元を思い出すくらいです」

父親に怯え、萎縮《いしゅく》して親しい友達を作れなかった椿に、明るい学生時代の思い出はない。

けれど、鳴上と本を読みながら過ごした時間は、何よりも大切なものだった。

「見ていたのは、手だけですか?」

「先輩は毎日鏡を見て慣れちゃってると思うんですが、先輩って格好良いんですよ? おいそれと気軽には見られなくて。見ていたら……視力が爆上がりしそう」

笑い出す鳴上に、椿は内心ホッとしていた。

父は電話で、絶対に鳴上を傷つける言葉を投げ付けている。

きっと教えてはくれないだろうから、少しでも早く忘れ去って欲しい。

「だから、傷痕に気付いてくれたんですね」

「盗み見なんてマナーが悪いのはわかっています。でも、学生時代の私にはそれが精一杯だったんですよ」

初恋だった。そう伝えようとしたけれど、父と会った今夜は言いたくない。

鳴上の運転は、お手本のように正しく静かだ。車がハイクラスなのもあって、気持ち良く進んでいく。

一方、鳴上はこう思っていた。暗くて静かで、気を許した相手が隣の助手席にいる。普段胸にしまった秘密を、知ってもらうにはぴったりだと。

「自分は……実の父の顔を知りません。母の顔も、おぼろげに覚えているだけです」

鳴上からは今まで、実の親についての掘り下げた詳しい話を聞いたことがなかった。

椿は、これは大事な話なんだと悟り、景色を眺めるのをやめて話に集中した。

「先輩のお母様は……」

「母は若くして家を飛び出し、自分を産んで二人で暮らしていたのですが……自損事故を起こして亡くなりました。いつまでも帰ってこない母を待ちくたびれて、アパートの前で座り込んでいたところを自分は保護されたんです」

四歳でした、とぽつりと鳴上は呟いた。

「母の怒りや寂しさや悲しみは、いつも自分に向かっていました。この腕の火傷は煙草を押し付けられたもの……腕と背中の切り傷はガラス戸に突き飛ばされてできたものです」

尋常ではない泣き声に気付いた隣人が通報し鳴上は病院へ運ばれたが、母の証言から子供が自ら突っ込んだ事故で済まされてしまった。

しかし、他に時間の経った傷痕もあったことから、児童相談所の訪問が始まった。

母はそれを、とてもわずらわしく感じていた。

「よく怒鳴られていたのは覚えています。お前がいなかったらと……。今なら母の苦労は理解できますが……早く自分を手放していたら……あるいは堕胎する人生を選んでいたら、母は死なないで済んだのではと思ってしまうのです」

椿は、綺麗に飾った言葉は、この場では不要だと感じた。

鳴上が打ち明けてくれた過去に、真摯《しんし》に向き合いたかった。

どうしたら、鳴上に会えた喜びを伝えられるのだろう。

ここにいてくれて嬉しいと、わかってもらえるのだろう。

「私は先輩が生まれて、生きていてくれて良かった。頑張って大人になってくれた先輩と出会えて、私は良かったです」

幼い鳴上は、きっと誰にも助けてと言えなかった。

じくじくと火傷に痛む手、母親に怒鳴られて縮こまる小さな子供。

そんな仕打ちをされても、帰ってこない母親をひとり待ち続けたのだ。

「……ずっと、自分は誰なのかわからない、変な気分の時があるんです。鏡を見るでしょう？　母に似ているのか、見知らぬ父に似ているのか……自分が何者なのかわからなくて」

酷く、寂しくなる時があります。

薄暗闇に、ぽたりと鳴上の寂しさが落ちてきた。

「……鳴上先輩は、鳴上先輩です」

「……はい」

「先輩は、鳴上詩郎先輩です。私の大事な……っ、旦那さんでっ」

溢れる涙が止まらなくて、椿は大事に持っていた母から貰った蜜柑を足元に落としてしまった。

「はい、自分は椿さんの旦那さんです」

「だ、大事が抜けています。うう——……っ、せんぱいは、せんぱいは……っ！」

もう、ここで伝えてしまおう。

出し惜しみする意味なんて、もうなくなった。

いかに大切に想ってきたか。長い間、忘れられずにいたか。

「せんぱいは……っ、私の初恋の人で、卒業してもずっと忘れられなかった……大好きな人です」

はっきりとした声で、椿は鳴上の方を向いて言い切った。

マンションの側まできて、最後の長い赤信号に引っ掛かり車は停まった。

鳴上はすぐ、椿の顔を見た。

ハンドルを握る手が震える。

都合のいい自分の空耳かもしれないと一瞬疑ったが、ストレートな愛の告白は熱く心の真ん中にズドンと刺さった。

椿は顔を真っ赤に染めて、大きな瞳を涙で潤ませて、鳴上を見ている。

綺麗な顔を鳴上の為にくちゃくちゃにして、泣いてくれる愛おしい人は椿の他にはいない。

鳴上は、言葉にならない感情で胸がいっぱいになった。

迷子の子供が夕闇のなかで、ようやく明るく照らされた帰り道を見つけたような。

そんな気持ちになっていた。

こっちだよと、呼んでくれたのは椿だ。

「自分も、自分も椿さんが好きです。好きです、好きだ……ああ、どうしよう」

言葉も出ないほど、驚いたのは椿だ。

鳴上は泣きそうな顔で、何度も椿に好きだと伝えてくる。

頷いても、「私も」と、そう答えても何度もなんども。

「好きです、椿さん。自分は椿さんが好きだ」

その言葉は、椿を言葉にはできない多幸感の宇宙へ放り出した。

どこを見たって寂しさなんてなくて、椿を好きだという優しくて熱くて、泣けてくる感情で溢れている。

同情や、この場に合わせて言ったものではない。

好きだと伝えてくるそのひと言ひとことが、椿の存在意義を強く肯定してくれる。

鳴上の瞳や言葉は、真実のみを伝えてくれている。それが堪らなく嬉しかった。

「先輩は、私のことを大好きだっていう才能に溢れてますね」

椿の可愛らしい言葉に鳴上は喜び、今度は子供のように顔を緩ませて笑った。

「確かに、自分は椿さんを愛する天才だったみたいです！」

愛、というフレーズに椿が更に赤くなった。

「天才の先輩、前を向いて下さい！　信号変わりそうです！」

鳴上がハンドルを握り直し、車が進み出す。

足元に落ちた蜜柑を椿は大切に拾い上げて、丁寧に指先で汚れを払い、嬉しさでぼろぼろと泣き出した。

七章

二人がお互いに想いを伝え合った夜から数日が経った。

とにかく今は、目が合っただけでも赤くなるばかりだ。ただ、相変わらず寝室は別々のままである。

恋愛初心者の二人には、想いが通じた夜にいきなりベッドを共にするのは、ハードルが高過ぎたのだ。

その日は別々の部屋でベッドに入ったが、逆にもっとハードルが高くなったことに気付き眠れなくなってしまった。

真夜中のキッチンでばったり遭遇してしまい、気恥ずかしいけれど離れがたく、あのまま勢いでいけば……なんて二人して思ってしまった。

既に戸籍上は夫婦だが、これからは恋人が愛を育み信頼を重ねるような生活が待っている。

でもその前に、解決しなければいけない問題があった。

椿や椿の実家に送られた、あの写真の送り主の件だ。

二通目、三通目に共通するある箇所を鳴上は見つけた。〝似たもの〟に見覚えがあったのだ。

しかもそれはプライベートではなく会社で、だ。

二通の封筒を椿から預かって出社した鳴上は、副社長室にある自身のデスクで、あるものを探した。

以前、個人的に付き合いのある取引先に資料を送る為に、宛名ラベルを作ったことがあった。ラベル自体はどこの文房具屋でも買えるもので、鳴上が備品を使うのを避けて自腹で買ってきた。

無料の専用ソフトでデータを作り、秘書課に置いてある古いプリンターで印刷した。

そのプリンターは幾度クリーニングを重ねても、特徴的な模様がほんの少し汚れとして端に入ってしまう。

受け取った人間がおおらかならいいが、几帳面《きちょうめん》な人物ならきっと気になるだろう。

鳴上は秘書課の社員たちに、そのプリンターは社内用の印刷物だけに使うように伝え新しいレーザープリンターを手配した。

「あった……」

あの時作った、印刷されたラベルだ。シュレッダーにかけて処分しようと思っていたが、つい後回しにしてしまいっぱなしだったのだ。

椿から預かってきた二通の封筒のラベルと、鳴上が以前秘書課で自ら印刷したラベル。

見比べると、同じ箇所に同じ模様のインク汚れがついている。

素人目に見ても、同一のプリンターで印刷した、と断定しても差し支えないほどだ。

「心当たりが、全くない……どうしたものでしょう」

秘書課の人間に、個人的に恨みを買う覚えがなかった。

鳴上が知らないだけで、密かに買っている可能性も捨てきれないが。

秘書課の女性と色恋沙汰になったことはなかったし、揉《も》めたこともない。

しかし、誰もが秘書課のあのプリンターを使う訳ではない。

各課にレーザープリンターは設置してあるし、空いてないからといってわざわざ古いプリンターを使いにくる社員はいないからだ。

それに、秘書課の人間なら鳴上の住所を知られていても不思議ではなかった。調べようと思えば、きっとここでならいくらでも方法があるだろう。

犯人は、この鳴上商事に勤める者。可能性が高いのは、秘書課の人間にほとんど絞られた。

持ち帰り椿にも見てもらおうと、捨て損ねたラベルを自分の鞄《かばん》にしまう。

椿の為に、二度とこんなことが起こらないようにしたい。

鳴上は強く思い、ゲンコツで自分の額を一、二度軽く叩いた。


一日の業務を終え、少し残業をしたあと。

鳴上は寄り道をして椿にお土産を買い、いそいそと帰路についた。

腕時計を見れば二十時、椿は夕飯をとらず自分が帰ってくるのを待っているだろう。

お腹を空かしてしまっているところを申し訳なかったが、椿にあれやこれやをプレゼントしたくて仕方がないのだ。

だから仕事の休憩時間に何をプレゼントしたら喜ぶのか考えていた。

数日前、椿は母親から蜜柑を貰っていた。

それを大事そうに、バッグには入れず車ではずっと手に持っていた。

蜜柑が好きなのかもしれない。

それか、母親に貰ったから、大事なのか？

貰った蜜柑は食べずに、今もリビングのテーブルに二つ並べて置いてあるのだ。

鳴上は今日、椿に蜜柑をお土産に買った。

葉付きのもので、ひとつずつ紙に包まれた贈答用だ。

高級フルーツ店に並べられた蜜柑はどれも美味しそうだったが、まあるく紙に包まれた蜜柑の頭から、葉がぴょこんと一枚出ているのが可愛かったのだ。

母親に貰った蜜柑が大事で食べられないなら、自分が買うからそれを食べればいい。

一緒に苺《いちご》も買って車の助手席に袋を置くと、車内いっぱいに甘酸っぱい香りが広がる。

鳴上は椿と想いが通じ合い大変浮かれているので、その香りでも勝手に胸が切なく締め付けられていた。

(それぞれに色々あって巡り会えたけれど、ちょっとでもタイミングが違っていたら再会だってしていなかった)

まかり間違えば、椿は他の男の妻だったのだ。

ハンドルを握った手のひらに、嫌な汗が滲んだ気がする。

「……帰ったら、お願いして抱き締めてもらおう」

世間では〝猫吸い〟という、猫の匂いを吸って元気になる方法があるが、鳴上は椿を抱き締めて首筋から思い切り匂いを吸って安心したかった。

少し前までは慎重に関係を進めようとしていたが、椿が自分を以前からずっと想い続けてくれていたことを知ってからは、タガが外れてしまった。

とにかく椿の側にいたくて堪らないし、好きで好きでどうしようもない。

まるでデートの待ち合わせのようにプレゼントと鞄をぶら下げ、マンションのエレベーターでは前髪を直す。

いざ自分の部屋の前まで着くと緊張で苦しくなったが、ここまでくると椿に一分一秒でも早く会いたくなる。

「ただいま帰りました」

緊張しながら玄関に入ると、奥から椿が小走りで出迎えてくれた。

「先輩、おかえりなさい！」

鳴上は鞄とお土産の入った紙袋を端に置き、両手を広げた。

「椿さん！　自分をぎゅーっと抱き締めて下さい」

誰にでも一線を引く冷静沈着な鳴上のイメージからはかなりかけ離れた言葉であるが、椿にはそれが愛おしい。

「あはは、私が先輩に抱き締められるんじゃなくて⁉」

それでも椿は、笑いながら「いきますよ！」と合図を送ってから鳴上に抱き付いた。

回した腕に力を込めると、鳴上が椿を抱き締め返す。

「あー……幸せ過ぎて玄関で溶けちゃいそうです。ちょっと吸わせてもらいますね」

鳴上はすかさず、椿の首筋に鼻先をあてた。

「先輩っ、くすぐったい」

「癒される……いい匂い」

微かな香水の甘いラストノート、椿自身の匂いと相まって脳みそが酔ったようにじんわり痺《しび》れる。

今の二人はどこにでもいる、お互いが大好きなとても仲の良い微笑ましい夫婦だ。

いつまでも玄関でじゃれている訳にもいかないので、鳴上は椿にお土産を渡して鞄を手に取ると、椿を抱き上げてリビングへ移動する。

地道に樹月直伝の筋肉トレーニングを続けている成果か、最近の鳴上は疲れにくく動きやすい体になってきていた。

椿はお土産を手に鳴上の腕から離れると、紙袋の中身を見てとても喜んだ。

「苺と、あ、蜜柑ですね！　いい匂いがします」

「ええ、椿さんが喜びそうだなって。両方お土産にしました」

「蜜柑、大好きです。わ、葉っぱもついてる！　明日、二つ職場に持っていっていいですか？　石田さんにも可愛いからおすそ分けしたいです」

デザートに苺を出すと張り切って、まずは夕飯を温め直しにキッチンへ。

鳴上は自室に鞄を置いてコートと上着を脱ぐと、手を洗いに洗面所へ向かった。

夕飯のハヤシライスを二回もおかわりし、デザートの苺も美味しく平らげたあと。

二人で洗い物を済ませながら、このあとに見てもらいたい物があると鳴上は椿に声を掛けた。

リビングのテーブルに、写真が入っていた封筒二通と、持ち帰った印刷済みのラベルシートを並べた。

「ここ……この端の模様みたいな汚れ、同じだと思いませんか？」

微かなインク汚れを指差す。

椿は両方を手に取り、じっくりと見比べる。

「……ほぼ同じ、に見えますね。これはどうしたんですか？」

取引先が印刷されたラベルのシートをもう一度凝視する。

「これは、自分が会社で備品のプリンターを使って印刷したものです」

鳴上ははっきりと椿に伝えた。

「え……じゃあ、写真を送ってきた人は、先輩と同じプリンターで私宛てのラベルを印刷したってことですか？」

椿には、鳴上商事に知り合いはいないはずだ。ましてや嫌がらせを受けるほど、関わった人間なんて思いつかない。

「先輩もご存知の通り、私は知り合いや友人を作るのが得意でなくて……なので鳴上商事にいる方にこんなことをされる覚えがありません」

いくら考えてみても、浮かばない。披露宴で挨拶した鳴上商事の関係者にだって顔見知りはいなかった。

「ラベルを印刷したプリンターはいくらクリーニングしても、ほら……この汚れがついてしまうんです。なので今は社内用の印刷物だけ刷っています」

「あの、これどこに置いてあるんですか？」

「秘書課です。副社長室と同じフロアなので、ラベルを印刷する時に使いました」

二人は目を合わせ、考え込む。

「あ、あの、その秘書課に先輩のもと……」

「元カノなんていません！　会社の人間と関係を持つなんてあり得ませんから」

かなり食い気味に、椿が言わんとすることを察して被せてきた。

「第一、自分は椿さんに出会うまで、一度も女性とお付き合いをしたことなんてないですし！」

鳴上は更に勢い込んで言葉を続ける。

「……えっ⁉　先輩のその顔面で、ですか？」

「顔面、関係ありますか？」

「すごく格好良いって何回言わせれば……あっ」

自分の発言に照れる椿に、鳴上が嬉しさでにこにこしている。

しばし二人の間に沈黙が流れたあと、椿が気を取り直して確認をする。

「じゃ、じゃあ……元カノの線はないですね」

鳴上はつい余計なことまで暴露してしまったと思いつつも「まぁ、その格好良いとかいう話は、あとでじっくり聞かせてもらうとして」と言い話を戻す。

「自分が恨みでも買ってるんでしょうかね」

考え込むが、身に覚えがないのだ。

「……もうやめてくれれば、警察沙汰にもしないのに」

「椿さんは、それでいいんですか？」

「ちゃんと見たら雑コラみたいな写真で動揺させられたのは悔しいですけど、警察沙汰にしたら他大勢の社員の方々に迷惑が掛かります。嫌がらせをやめてくれるなら、私は警察に届けなくても良いと思っています」

　鳴上は考えた。

　何か、こちら側である程度まで犯人が絞られたことを示せば、制御力になるのではないかと。

「このこと、父に話してもいいですか？　社内に犯人がいるとなると、黙っている訳にはいかないので。合成する為に、自分の顔の写真まで盗撮されていますし」

「そうですね、報告は大切だと思います。お義父様の判断にお任せします」

　お願いします、と椿は小さく頭を下げた。


　翌日。鳴上は時間をみて社長室へ行き、人払いをして養父である鳴上社長に事の顛《てん》末《まっ》を報告した。

　椿が写真で嫌がらせを受け、しかも同じものを実家にまで送り付けられたので、上之園の義父とひと悶着《もんちゃく》あったこと。

　どうやら犯人は同じ社内にいるようだと、送られてきた写真や封筒、ラベルも一緒に見てもらった。

　鳴上社長は憶測で判断はできないと言いながらも、静かに怒っていた。

「椿さんは、なんて言ってる？」

「社長に、お任せしますと」

「そうか」

短い返事をして、社長はすぐに自身の秘書を呼んだ。

その日のうちに、社内に設置されたパソコンで、あのプリンターと接続追加してあるもの全ての印刷履歴が抜き打ちで調べられた。

けれどラベルを印刷したデータ履歴は、既に消去されていたようで見つからなかった。

しかし翌日、秘書課の社員がひとり突然の退職をした。

鳴上に長年片想いをしていて、時々妄想まがいのことを口にしていたという。

周囲の多くの人間は冗談だと思ったが、なかには信じていた者も少数いたらしい。

鳴上の結婚後にはだいぶ荒れたという証言が、秘書課の社員からぽつぽつと上がった。

言われてみれば、写真の女性の髪や体の雰囲気は、彼女そのものだった。

椿はその報告を、帰宅途中の電話で聞いた。

会社の最寄り駅に入るところでスマホが鳴り、人混みを避けた駅舎の壁際でそれに出た。

『そういう訳で、この件は終わりました。直接ではないけれど、本人からの謝罪の手紙を弁護士から預かっています』

「そうなんですね、良かった――……」

退職した女性に対しては複雑な気持ちはあったが、心に重く積まれた鉛が、ふっとなくなった気分だ。

『今からまだ仕事があるけど、なるたけ早く帰ります。ちょっとだけ、今夜は飲みましょうか』

「はい！　楽しみにしています。ご飯作って待っていますからね」

名残り惜しいまま電話を切り、早く帰ろうとスマホをバッグにしまっているところに、誰かが目の前に立った。

不思議に思い、視線をバッグから目の前の人間に移す。

「……あっ」

忘れかけていた、椿を面倒くさそうにあしらっていた目。

あの頃の酷く惨めな気持ちをバケツに入れ、頭の上から思い切りかけられたような感覚。

上手く言葉が出なくて、足もすくんで動かなくなってしまう。

「椿ちゃんじゃん！　綺麗になっててわかんなかったよ～。今の感じなら結婚してあげたのに！ってか、今から結婚する？」

目の前に、過去に椿を簡単に捨てた元婚約者がケラケラ笑いながら立っていた。

久保野《くぼの》辰則《たつのり》は、政治家の家系に生まれた。

総理経験者もいる血筋であり、父も兄も政治家だが本人にはその素質がなかった。

まず忍耐力がなく、飽きっぽい。コミュニケーション力は中の下、そして何より傲慢だった。

親や家に反発はするくせに、金をせびりつまらない悪事の揉み消しを頼む。

父親にとってはかなり面倒な息子だったが、長男がまともだったので次男の辰則には期待をしなくて済むのが救いだった。

だが、このままでは将来、自分や長男の足を引っ張りかねない。

辰則の父親が交友のあった上之園頭取に愚痴を吐くと、つまらない娘だが……と上之園の三女を嫁にどうだという話になった。

結婚をさせれば少しは落ち着くだろう。嫁に辰則の手綱を持たせればいい。

安易な父親たちの策略で辰則の許嫁《いいなずけ》にされた上之園椿は結果、責任感の全くない辰則に簡単に捨てられてしまったのだった。

あの頃の椿にとっては、最悪の出来事だった。

その元凶が、二度と会うことはないと思っていた相手が、すぐ側で自分に笑いかけている。

「……すみません、失礼します」

振り絞った声は、震えていた。

「なんで、ご飯行こうよ。久しぶりに会ったんだし、元気してた？」

肩を掴まれそうになり、椿は身をよじって避けた。

「結婚したんです、夫がいますので、そういうのは無理です……っ」

そう断ると、途端に久保野はニタリと笑った。

「オレ、人妻でも全然平気だよ？　むしろ好きって言うか……雰囲気変わったね～、椿ちゃん」

ニタニタと舐め回すように見られ、椿はもう耐えられなくなってしまった。

下品な視線、物言い、全てに鳥肌が立つ。

椿の困惑が伝わるのか、道行く人がたまにチラリとこちらを見ていた。

悪質なナンパをされているように見えるのだろう。

「じゃあ先に連絡先、交換しようよ」

人の話を聞かない久保野が自分のスマホをいじりだした隙に、椿は全速力でその場から走り出した。

怖くてこわくて仕方がなくて、冷や汗が止まらない。

もつれる足が、どうか転ばないようにと祈る。

後ろから大きな声がしたが、決して振り返らずに改札口を抜け逃げた。

電車に乗り込んでも、油断して気を抜いたら涙が出そうだ。

あとをつけられていないかビクビクしながら、何度も振り返りマンションへまっすぐに向かう。

建物の陰から、ぞろぞろと歩く人の波から、久保野がニタニタしながらひょっこりと飛び出してくるんじゃないかと恐ろしかった。

マンションに無事に着き玄関から部屋に入った瞬間、安堵と恐怖で椿はしゃがみ込んだ。

その後も思考が上手く回らず、いつもより夕飯を作るのに時間が掛かってしまった。

(先輩に話したら……いや、話さない方がいいのかな……)

今日は写真の件が解決した。そんな日に、変な話をしたくない。

気をつければ、もう久保野に会うこともないだろう。

明日からは、会社の最寄り駅ではなく、ひとつ前の駅から歩いて行こう。

(今日はたまたま……久保野さんに会ってしまっただけ。すぐに興味をなくす人だから、明日にはどうでも良くなってるはず……!)

祈るような気持ちで、鳴上の帰りをじっと待つ。

大事に取っておいた母から貰った蜜柑を、お守りのように食べた。

玄関ドアが開く音を聞いた瞬間。

椿は駆け出して、鳴上に飛びついた。

(大丈夫、大丈夫……先輩の側なら、私は強くなれる)

ぎゅっと鳴上を抱き締めて、椿は「おかえりなさい」と笑顔を見せた。

「……椿さん、何かありましたね」

「……先輩?」

どきりとした。

もしかして久保野とのやり取りを見られていたのかと、思わず真顔で鳴上を見上げてしまった。いや、そんなはずはない。あれは会社にいるという鳴上との電話を切って、すぐのことだったのだから。

「何にもないですよ。ごめんなさい、お腹空いて、元気が足りなくなっているのかもしれません。すぐに夕飯をテーブルに並べますね」

これは私の問題だ。

それに、また厄介ごとを持ち込んで、悩ませたり心配を掛けたりしたくない。

椿は元気に振る舞って、この空気をうやむやにしようとした。

「そうですか。それなら良いのですが……」

椿の少し乱れた髪を、鳴上はゆっくりと優しく指先ですく。

あまりにも優しい手つきに、恐怖で縮み上がっていた心がほろほろとほどけた。

気を抜いたら、今日あったことを全て言ってしまいそうだ。

鳴上から鞄を受け取った手が、無意識に震えてしまっている。

「あ……っ」

すぐに引っ込めて、気付かれないように先に戻ろうと背を向けた瞬間だった。

後ろからふわりと、柔らかな力で抱き締められた。

背中から伝わる鳴上の頼りになる存在感と愛に、だめだと思ってもじわじわと目頭が熱くなってしまう。

「……っ、うう」

堪らず涙と声を漏らすと、自分を慈しむように包んでいた鳴上の腕に力が入る。

「自分、椿さんが思っている以上に……貴女をしっかり見ているし、何かあったら様子でわかります」

ちゅっと、つむじに唇が落とされる感触。

どんなことも言って欲しい、大丈夫だからと優しく囁《ささや》かれる。

椿はついに、その腕にすがって泣き出してしまった。


スマホに着信が入っているのに気付いたのは、昼休みも終わる頃だった。

履歴を見ると、椿の父からだ。

背中に汗をかくほど、嫌な予感しかしない。

掛け直したくない。時間もないので、そのままスマホをバッグにしまった。

結局その日は掛け直す気分になれず、椿は着信を無視した。

しかし、また翌日にも同じ時間に着信が残されていた。

いつまでも無視を続けるのは不可能だ。

(今日、帰ったら折り返しの電話をしよう。心配するほど大した用事じゃないかもしれない)

仕事を終え重い気分のままひと駅分歩き、電車に乗りマンションへと帰り着いた。

鳴上が帰る前に終わらせてしまいたい。

コートも脱がずに、ため息を吐きながら自室でスマホの着信履歴に並ぶ父の名前を眺める。

覚悟を決めて、画面をタップした。

何コールかのあと、『はい』と不機嫌ないつもの父の声がした。

「……もしもし」

『椿か、遅いじゃないか』

最初こそ不機嫌に聞こえたが、父の声色は若干軽いものへと変わった。

「すみません忙しくて。何か、用事があるんでしょうか？」

さっさと用件を聞き、会話を終わらせてしまいたい。そういう心理が働き、急かした。

『お前、鳴上と別れろ。別れて一度うちに帰ってこい』

父の言葉を聞いて、椿の頭は真っ白になった。

「……え？　どうして……」

『久保野の次男坊と、会ったんだって？』

あの日の恐怖、嫌悪感が一気に蘇り、ゾワゾワと虫唾《むしず》が走る。

何も椿が言えなくなると、椿の父は饒舌に話し始めた。

『あのどうしようもない次男坊がな、今のお前となら結婚してやってもいいって言うんだ。勝手だよなぁ……しかし婚約を破棄されたのは忌々しかったが、悪くはない相手だ』

「何……？」

『もう一度言う。鳴上と別れて、久保野の次男坊と再婚するんだ』

へたり込んだフローリングの硬さ、冷たさが身にしみてくる。

「馬鹿じゃないの……」

腹の底から、乾いた声が出た。

なんて人なんだろうと、脱力するほど呆れてしまった。

『出来損ないが、俺に逆らうな。一度は好きに結婚させてやったんだ。お前が逆らうなら、鳴上商事……これから厳しいことになるだろうな』

鳴上商事は、上之園銀行から融資を受けているのだろうか。

それとも、そうなるよう手を回すという意味なのか。

椿は自分の父親の言動に、久保野に感じたのと同じようにゾッとした。

この人は正真正銘、自分の子供に愛情を感じたりしない人間なのだと。

父に対してそれらを望んでいる訳ではないが、こうして突き付けられるとやはりショックだった。

『椿、馬鹿はお前だ。だがチャンスはやる、一応俺も親だからな。考えるな、今からすぐに帰ってこい……鳴上のこれからの人生をめちゃくちゃにしたくないなら……わかったな？』

離婚は一日でも早い方がいい。

そう言って、椿の父は電話の向こうで笑いながら通話を切った。

しんと、静けさが戻ってきた。

さっきまで耳元で響いていた、父の声もしない。


鳴上がマンションへ帰ると、エントランスの入り口にひとりの壮年の男性が立っていた。

身なりからして、しっかりとした雰囲気だ。

上質なコートに身を包み、スーツも靴も良いものを身に付けている。

その男性は鳴上を見つけ目が合うと、お辞儀をして近付いてきた。

「鳴上様でいらっしゃいますか」

男性からは、不穏な感じがしない。むしろ上品ささえ感じる。

「そうですが、何か？」

「失礼致しました。わたくし、上之園頭取の秘書をしております、加賀《かが》と申します」

加賀と名乗った男は、名刺を差し出した。

「自分に、何か？」

鳴上が尋ねると、加賀は自分の鞄から大きな茶封筒を出してそれを渡してきた。

「椿様から預かってきました。早急に鳴上様に渡し、サインをいただいてきて欲しいと申しつかっております」

「サイン……？」

椿の父親の秘書、サイン。鳴上は、茶封筒の中身を手早く確認する。

そこには、椿の記入が済まされた離婚届が入っていた。

絶句する鳴上に、加賀は表情ひとつ変えない。

「……気持ちの整理もあるでしょう。今日中に、と言われていますが、明日の朝に取りに伺います」

「椿は……？」

「椿様ですか……」

「どこにいる」

加賀は「ご実家に帰っていらっしゃいますよ」と言い、エントランスから去っていった。

鳴上は受け取った茶封筒を握り潰すと、そのまま部屋には帰らずに駐車場へと走った。

まだ暖かい車内に乗り込み、深く息を吐く。

握り潰した茶封筒を助手席に放って、すぐにエンジンをかけた。

向かった先は、椿の実家ではない。

鳴上の養父母と、弟が暮らす家だ。

夜道を二十分ほど走り、閑静な住宅街に着いた。

そのなかでもひと際大きな洋風の造りの家。ガレージはまるで鳴上を迎え入れるように開いていた。

ガレージにそのまま頭から車を突っ込むと、シャッターを閉めて玄関へ急ぐ。

インターホンを鳴らすと、少しして「はーい」と気の抜けた樹月の声がした。

玄関が開くと、なかには樹月と、椿が立っていた。

「先輩！」

椿が思い切り鳴上に抱き付き、鳴上はよろけもせずにそれを受け止めた。

それを見ていた樹月が、後ろから親指を立てている。

「椿さん、椿……っ！」

リビングから鳴上の養父母も出てきて、すぐに鳴上と椿を暖かなリビングへと招き入れた。


あの日。父からの電話が切れたあと。

椿は父からの再婚の命令には、絶対に従わないと決めた。

鳴上と別れ、久保野と再婚するなら死んでもいいとさえ思った。

本来なら、父の言うことを聞いた方がいいのかもしれない。

けれど、この話は絶対にひとりで抱え込んではいけない、父の思うつぼになると感じたのだ。

だから椿はすぐ、鳴上に連絡を取った。

既に久保野に偶然会ってしまったことを全て話してあったので、父からの電話の内容も隠さずに伝えられた。

鳴上は一旦電話を切り、養母にすぐに椿を迎えに行って欲しいと頼んだ。

自分が会社から向かうより、養母に向かってもらった方が早く椿の待つマンションに着くからだ。

養母は鳴上の必死の様子に、夕飯の支度をすぐに放り出し、フットワーク軽くお気に入りの真っ赤な高級車で椿の待つマンションに迎えに駆け付けたのだ。

そうして鳴上は、椿が鳴上の実家へ避難したのを悟られぬよう、素知らぬ顔をしてマンションへ様子を見に帰宅した。

案の定、そこには椿の父の、使いの者がいた。

鳴上はわざとショックを受けたふりをしたり、椿の行き先を聞いたりしたのだった。

「椿さんが無事で良かったです。母さん、すぐに迎えに行ってくれてありがとう……！」

鳴上は椿の手を握ったまま、養母に深く頭を下げた。

「いいのよ！　お役に立てて本当に良かった、椿ちゃんはうちの可愛い嫁ですもん。他の人になんてあげないわ」

「ええ、椿さんは自分の可愛い嫁なので、誰にも渡すつもりはありません」

「あらあら……！」

うふふ、と笑い合う養父母に、鳴上は自分の発言を改めて思い返し、顔を赤くした。

椿は姿勢を正し、頭を下げた。

「父が、本当に申し訳ありません」

涙声だった。泣くのを必死で我慢して、ただただ父の暴挙に対して頭を下げた。

「いいんだよ、椿さん。わたしらは上之園銀行と結婚した訳じゃない、可愛い息子が素敵な嫁さんを貰っただけだもの」

鳴上の養父、鳴上社長は穏やかに微笑んだ。

頭を上げて、と椿に声を掛ける。

椿のスマホの電源は、鳴上と最後の連絡を取ったあとから切っている。

今頃「椿はどこへ行ったのか」と、椿の父はたいそうイラついているだろう。

「自分、離婚届なんて初めて見ましたが、代筆とはいえ椿さんの名前が書いてあるものは一生見たくありません」

握り潰した離婚届は、椿に代わり誰かが書いたものだった。

それでも、鳴上は二度と見たくないと思った。

「それで、これはわたしからの提案なのだけど。詩郎、いい機会だと思って、海外事業部へ行かないか？　日本は少々、雑音が過ぎるようだから。椿さんを連れて、向こうで改めて新婚生活をスタートさせるというのはどうだろう」

鳴上は、養父の提案に驚いた顔を見せたが、すぐに椿に向き合った。

「以前から椿さんにも話していましたが、いずれ海外へ出ようと考えていました。月の裏側へはまだ遠いですが、自分、椿さんを連れていってもいいでしょうか？」

椿はとっくに、どこへだって鳴上に付いていく覚悟はできていた。

「こっちは心配しないで大丈夫だよ。なんたって、世界の鳴上商事だから」

鳴上の養父が、元気に笑う。

「そうよー！　ちょくちょく遊びに行くからね、向こうでもお茶しましょう」

養母も笑い、樹月は「僕も行くから！」と元気に言ってくれた。

椿は、泣くのを我慢するのをやめた。

涙はぼろぼろ流れるけれど、全て嬉し涙だ。

鳴上が「きてくれますか？」と、もう一度椿に問うた。

椿は鳴上の手をしっかりと握り締めて、何度も強く頷いた。


翌夜、二人は椿の実家を訪ねた。

黙って迎えた父は椿に対して何か言いたげだったが、鳴上が睨みをきかせているので我慢しているようだった。

そして今夜は珍しく、普段は席を外す椿の母が同席をしている。

椿は驚きながらも、母の顔を久しぶりにちゃんと見られた気がして嬉しかった。

一方、父はというと、母の存在をやたらと気にしている。

そのそわそわとした様子に、今回の離婚届の件を母に知られると父は困るのだと椿は察した。

本来ならば、ひとり娘である母が上之園家の女主人だ。

父は入婿《いりむこ》である。そしてあの性格からか、母と長い結婚生活を送りながらも、夫婦間での信頼関係を全く築けなかった。

祖父母が健在な頃はまだ良かった。しかし二人が揃って亡くなってしまってからは、なりを潜めていた本性を現し、それは更に酷いものとなった。

仕事はできる切れ者だが、上之園の名と自分の立場だけに固執し、家族を手駒以下としか見られない。

父は上之園という名の沼の、仮の主だ。

家族を虐げる、怪物だ。

怪物の暮らす屋敷は変わらずに薄暗い。思えばいつも、この応接間の空気は重かった。

ここでは、普通の父娘のようにお互いの近況を話したことも、ましてや談笑なんてしたこともない。

今更それを望みもしないが、今夜はきっといつもとは違う夜になる。漂う雰囲気から、椿はそう感じていた。

なぜなら、そこには黙って座り、真っ直ぐに鳴上と椿を見つめる母の姿があったからだ。母からは、凛と咲く白百合の如き貫禄《かんろく》が垣間見えている。

お手伝いの女性がしずしずとお茶を出し、応接間から静かに出ていく。

それを見届けたタイミングで、鳴上が口を開いた。

「突然ですが、ドイツへの駐在が決まりましたので、椿さんを連れていくご挨拶に参りました」

報告などせず、黙って海外に行くという方法もあった。しかしこれから先のことを考えると、ただひたすら椿の父から逃げ回るというのは、決して良い方法ではない。

「離婚するつもりはない」と正々堂々宣言して、立ち向かおう。二人は昨夜、そう決めたのだ。

また今回のようなことがあっては、堪ったものではない。

今後こんなことをさせないように、父には釘を刺す必要があった。

「……随分急な話だな」

「ええ。あちらが人手不足なのもありまして、自分が自ら出向いて指揮をとるつもりです。新婚旅行もまだですから、それも兼ねて。しばらくはドイツで生活しようと思っています」

ね、と同意を促す鳴上に、椿は頷いた。

「……でも、ドイツなんて、何かあったらすぐには帰ってこられないんだぞ？　椿は母さんが心配じゃないのか、薄情だなぁ」

父は、この言葉に揺さぶられた椿が、自分から日本に残ると言い出すのを待っていた。

椿だけが日本に残れば、まだ離婚させる望みはある。そう確信していた。

そうなるよう、育てたと自負していた。

「母さんの具合が悪いのを知っているのに、正月は少し顔を出しただけで、姉の手伝いもしない。お前が皆にどう言われて、俺がどうお前を庇っているかなんて、知らないだろう？」

罪悪感を煽る追い打ちの言葉に、椿は一瞬だけひるんでしまった。

椿自身も、姉には申し訳なく思っていたからだ。

すると意外な人物が、声が発した。

「……庇っているなんて、そんなことしていらしたの？　本当に？」

ぽつりと、椿の母がこぼしたのだ。

「……え、なんだ、いきなり。お前はいつもいないから、あれだ、知らないだけだ」

父は狼狽えて、答えもしどろもどろになっている。

そしてじっと見つめる母の強い瞳から逃げるように、テーブルに置かれていた煙草を手に取り火をつけた。

ふうっと、紫煙を吐き出す父の息遣いだけが聞こえる。

そんななかで、鳴上は再び話を切り出した。

「話は変わりますが、昨日、お義父さんの秘書と名乗る方から椿さんを騙《かた》った偽者が書いた離婚届を渡されました」

「ほう……？」

娘に夫と別れるようにと電話で迫り、秘書に離婚届まで渡しに行かせたのに父はシラをきろうとしている。

しかし、思うように事が運ばない苛立ちが表情に出ていた。

予定通りならば、今頃この家に帰ってきているのは椿ひとりだったはずだ。

それが鳴上を連れ、しかも一緒にドイツに行くと言っている。

計画がちっとも上手くいかないことに、父は酷くイラついていた。

「椿さんに確認しても、離婚届には身に覚えがないと言います」

鳴上の言葉に、父は、ちらりと椿を見る。この状況でも、まだあとひと押しすれば、自分の言うことを聞くのではないかと。

視線に気付いた椿は、はっきりと口にした。

「離婚届なんて、絶対に書きません。これからもずっと、絶対に」

強調して、二回も絶対という言葉を使った。

いまだに娘は自分には従順だと、使える手駒だと思っていた父の頭に、一瞬にしてカッと血がのぼった。

その時、母は思いもよらないことを言い出した。

「……その離婚届、久保野さんなら何か知っているんじゃないかしら」

ぎょっとした目で、父は母を見た。

母は涼しい顔をしている。

「……え、なんだって」

どうして母はそんなことを言い出したのかと、父の真っ赤になった顔がみるみる青白くなっていく。

「なんだって、って……いらしたのよ、昨日の夕方に。椿と結婚することになる、もうすぐ親族になるのだからお金を貸して欲しいって」

「だ、誰がきたんだ？」

「久保野さんの次男よ、あなたが椿の婚約者にと選んだ人。昨日、本人が言っていたわ、あなたが椿と結婚させてやるから待っていろと言ったたって」

鳴上はその話に眉をひそめ、椿は驚いて口元に手をあてた。

「お母さん、何かされたり言われたりしなかった？」

心配する声を一番に上げたのは椿だった。

身を乗り出したので、革のソファーがぎしりと音を立てた。

「お義母さん、大丈夫でしたか」

ほぼ同時に、鳴上が気遣う言葉をかける。

父は、苦虫を噛み潰したような顔をして黙っていた。

「……すぐに帰っていただいたわ。椿が詩郎くんと別れるなんて、あり得ませんと伝えて。これからすぐにわかるって捨て台詞を吐かれたけれど、お手伝いさんが追い出してくれたの」

父の大きなため息と、「あの……馬鹿野郎ッ」と小さく吐き捨てられた声。

父以外の誰もが、この発言にがっくりと肩を落とす瞬間だった。

久保野と共謀したのは父に間違いない。実際のところ椿は直接、目の前の父から電話を受けていた。

それでも。

昔から、信頼も愛情もないに等しいが〝家族〟という情は、ほんの少しだが存在していた。

だがその情はもはや、カップのアイスクリームの蓋にべっとりとついたアイスのような存在となってしまった。

誰も見ていなければ、そっとすくって口に運ぶかもしれない。

だけど大体は、捨ててしまえる。その程度のものだ。

たとえ薄情だと言われようと、椿も母も父に対する情など、もうそのくらいしか持ち合わせていなかった。

家庭を顧みようとしない自分勝手な父に、またかと呆れかえった瞬間だった。

父はいつもこんなもの。椿と母はそれに慣れていたとはいえ、人間性を疑う行為を目の当たりにし、ショックを受けた。

そして鳴上は、静かに怒りに震えていた。

「お義父さん、今から警察に行きましょうか。離婚届の偽造は有印私文書偽造という刑事処罰案件です」

「何言ってるんだ、たかが娘の離婚届を代筆してやっただけだろう！」

「本人の承諾なしに？」

う、と声を詰まらせる父に、鳴上がたたみ掛ける。

「椿さんは、自分の妻で家族でもあります。大事な人だ……傷つけるなら、それがお義父さんだって絶対に許しません」

「お前に何ができる。こんなこと、いくらでもなかったことにできるぞ」

「……そうですか。では、久保野氏のお父上はどうでしょうね？　この話がマスコミや政財界、ＳＮＳで広がったら……どこまで対処できるでしょうか？」

政治家である久保野の父は、クリーンなイメージがものを言う。それをべっとりと汚したとあっては、上之園銀行もただでは済まないだろう。

あんなにも微笑ましい結婚式を挙げた二人が、椿の父と元婚約者の久保野のせいで引き離されようとしている。

悲劇はいつだって、大衆の娯楽だ。

ひと昔前なら揉み消せていたことも、今では手元にあるスマホひとつで世界中に発信ができる。

そこで、正義という大義名分を持った一部の過激な人間が尖《とが》った考えや言葉を向ける先は……椿の父や久保野の次男、そしてその父親になるだろう。

「そんなことになったら、鳴上商事だって巻き込まれるんだぞ。ただで済む訳がない、お前の出生だって世間に……」

「承知の上です。自分は、椿さんの為なら会社のイメージが多少傷ついても構わないと思っています。一時的に火の粉が飛んでくるかもしれませんが、誠実に対応していればやがては収まるでしょう」

それに、鳴上は自分の出生について隠す気はないし、恥ずかしいと思ったこともない。

「裁判沙汰で泥沼になったら……お義父さんには自分と一緒に心中してもらいますよ」

――椿さんの為ならやります。世界で一番、自分の命よりも大切な人ですから。

鳴上が、冷たい表情で椿の父をじっと見つめながら語る。

眼鏡の奥にある切れ長の整った瞳が、細められた。

「……お義父さんが、椿さんを大切に想ってくれる人でなくて良かった。そうだったら自分は非道になりきれない。まぁ、そういう優しさを持った人なら、自分の娘をこんな風には扱わないか」

ふふ、と鳴上は小さく笑う。

思わず背筋がゾッとするその笑いに、父は鳴上が本気なのだと悟った。

「下衆が……！」

「おや、自己紹介ですか？　ご自分のことをよくわかってらっしゃる」

今どう反論しても、椿の父には分が悪過ぎた。

誰かが代筆した離婚届、届けた秘書はマンションの監視カメラに写っているだろう。

それに、共謀を隠さない久保野の存在だ。

たとえ離婚届が未提出で微罪であろうと、訴訟になれば上之園のイメージダウンは避けられない。

あらかじめ鳴上は今日のうちに会社の法務部と、顧問弁護士にも連絡済だ。

「……ちょっとした出来心だ。冗談なんだよ、わかったか？」

そんな無茶苦茶なことを言いながら、椿の父は立ち上がった。

「何言ってるの、冗談じゃ済まないでしょう！」

椿が叫ぶが、父は聞く耳を持たず応接間から出ていこうとした。

いつも謝罪もせず、逃げてしまう背中に母が言葉を投げた。

「……そのまま、この家から出ていって下さい」

「な、なんだって」

父は慌てて振り返る。

「今、分家の者があなたを迎えにきますから。しばらくは、そちらで暮らして下さい……。次に会う時には、離婚届を書いてもらいます」

だらだらと額から流れる汗を拭いながら、父は冗談だったと繰り返す。

「違うんだ、俺は久保野の次男坊に頼まれただけなんだよ。悪いのは向こうで、俺じゃない」

そんな言葉も情けない姿も、もう誰の胸にも響かない。

そのうちにバタバタと廊下が騒がしくなる。分家の人間たちがきて、まあまあと父を宥《なだ》めながらあっという間に屋敷から連れ去った。

上之園本家でいばり散らしていた入婿の父を、良く思わない分家の人間は多かった。

母の回復の兆しを見て、一族が離婚の後押しをしたのかもしれないと椿は考えた。

父は今まで調子に乗り、色々とやり過ぎていた。

本来の上之園の主は母で、父ではないのだ。

バタバタと嵐が去り、応接間に残された三人からは安堵の息が漏れた。

母は背筋を伸ばした姿勢をほんの少しだけ崩し、息を吐いた。

「……ごめんなさい。久しぶりにたくさん喋ったから……少し疲れたみたい」

そう言って椿と鳴上に、小さく微笑んだ。

「お母さん、おかあさん……っ」

椿がすぐに母の側に寄り、抱き付いた。

「体調は、具合は？」

「大丈夫。まだ頭に霞《かすみ》が掛かっているみたいだけれど、いつもよりうんと調子がいいわ。……あの日。あなたが堂々とした態度で、あの人に詩郎くんの無実を証明した時。目が覚めた気分になったのよ」

母はそう言って、話を続ける。

「実はその前から……あやめに詩郎くんの話を聞いてから、わたしの頭のなかは少しずつクリアになってきているの」

鳴上は、えっと驚いた顔をする。それは椿も同じだった。

「自分、ですか？」

「ええ。お正月の集まりの時、詩郎くんはあやめの忠告を聞いて、挨拶をしてすぐに椿を連れて帰ってくれたのでしょう……？」

上之園家に正月の挨拶をしにきた時、義姉のあやめから『挨拶を済ませたら椿を連れて早めに帰るように』と言われた。

上之園家の酒の席に加われば、各人の自慢話を聞かされることになる。だが、それなりの人脈を得たり、仕事に役立つ話を聞けたりもしただろう。

しかし、鳴上はそれらを全て切り捨てて、椿を連れて早々に上之園家をあとにした。

今まで好き勝手言ってきた人間から、一刻も早く椿を遠ざけたかったのだ。

「はい。お義姉さんがそう言って下さったので、お言葉に甘えて帰らせていただきました」

鳴上は、自分が選択を間違えたなんてちっとも思っていない。

もしあの時、あやめからの忠告がなくても、さっさと上之園家をあとにしていただろう。

「わたしは……あやめが嬉しそうに話してくれたのを聞いて、椿が詩郎くんに出会えて本当に良かったと思ったの。そうしたらね、目の前が明るく拓けた感じがして……ずっとぼうっとしていた頭のなかの霞が取れてきたのよ」

椿の母は、すがりつく椿を抱き寄せた。

「おかあさん……っ」

もはや、母を呼ぶことしかできない子供に戻ってしまった椿の背中を、小さく愛おしそうにさする。

「……ごめんね、ずっとあの人から庇ってあげられなくて……ごめんね」

「そんなの、もういいの。お母さんが……少しずつ元気になってくれればそれで」

ついに泣き出した椿を、母は抱き寄せた。


椿の元婚約者、久保野は思慮が浅く軽率な男だ。

椿の父に再婚の約束を取り付けたあと、意気揚々と借金の申し込みに上之園家に訪れた。そこできっぱりと断られ、苛立つ気持ちをそのままに、会員制のクラブで酔ってそれをぶちまけた。

政財界に親を持つ若者などが出入りすることで有名なクラブは、将来的な人脈作りの場でもあった。

クラブにしては品が良く落ち着いた雰囲気で、若者たちが酒を軽く飲み交わしながら将来の話をする。

毎度、きては騒ぐ場違いな久保野を皆はいつも遠巻きにしていたが、その晩は面白そうな話をしている。

話を聞きたがる人間たちの存在に、普段は相手にされない久保野は調子に乗った。椿を離婚させる、再婚した自分はいずれ上之園銀行の頭取になるかもしれないと浮かれ、計画を全て話してしまったのだ。

動画を撮っていた人間に久保野は気付いていたが、それを不安に思うどころか、むしろ自分が注目されることを喜んだ。

計画を意気揚々と暴露する久保野の姿が映る動画はグループ内に拡散され、すぐに親たちの知るところとなる。

そして動画は、鳴上の顧問弁護士の手にも渡った。

弁護士は代筆された離婚届のコピー、動画の内容をまとめたものを久保野の父親の選挙事務所宛てに内容証明で送付した。

すぐに父親側の弁護士から連絡が入り、公《おおやけ》にはしないで欲しいと示談の申し出があった。

その後。久保野はクラブでも繁華街でも、その姿を見掛けることがなくなった。

あえて行方を捜す者もいなかったが、地方へ追い出された、海外に飛ばされたなどの噂だけがたまに囁かれ、そうしてやがて忘れ去られていった。

番外編

ドイツでの新婚生活は、二人にとって驚きの連続だった。

極端にいえば季節は夏と冬しかなく、自然が多く生き物とルールをとても大切にする国だ。

都市部から離れればドイツ語しか通じない場所もある為、椿はすぐにドイツ語の習得に励んだ。

冬にはクリスマスマーケットが開かれ、温かなワインや豚肉の焼きソーセージを楽しむ。

月に一度はアンティークの蚤《のみ》の市《いち》にも出掛け、ゆっくりと二人で見てまわった。

日曜日にはお店がレストラン以外閉まっているので、土曜日に二人で買い出しに出掛けるのも日課になった。

生活が落ち着いた頃、保護施設から性格の穏やかなミックスの老犬を家族に迎えた。

茶色くて長毛の中型犬だ。鳴上はその毛色からインスピレーションを得て、〝豚カツ〟、〝カツカレー〟と名前の候補を出したのだが椿に即、却下された。

結局、その瞳が近所の教会の古い鐘の色に似ていた為〝ベル〟という名前に決まった。

日本から離れ、ドイツでの生活にもすっかり慣れた頃。

椿の妊娠がわかり、鳴上は声や手が震えるほど喜んだ。

そして赤ちゃんが生まれると、椿の母や姉たちはビデオ通話の画面越しに大喜びをした。

鳴上家では養母がすぐに旅の支度を始め、なんと椿の母を連れて、ドイツまで手伝いにやってきてくれた。手には養父や樹月からのお祝いを、いっぱいに抱えて。

実は以前、離婚の話を聞いた際、心配した養母から椿の母に連絡を取ったらしい。

そこで意外にも会話が弾み、ウマが合った。

それで椿が出産したら、邪魔にならなければ二人で産後の手伝いに行こうかと話し合っていたのだという。

異国の地で出産し、少し疲れた椿の表情を画面越しに確認した二人は「とにかく休ませなくては」と心を同じくし、文字通りドイツまで〝飛んで〟やってきたのだ。

もちろん鳴上も産後の椿のケアはしていたが、出産経験のある二人の母の存在はとても頼もしく、本当にありがたい〝お祝い〟だった。

また、鳴上たちに届いた嬉しいお祝いはそれだけではなかった。ガルシア氏やその曽祖父、そして珠里からもそれぞれお祝いのプレゼントが送られてきた。

鳴上と椿は自分たちが多くの人に愛され、大切にされているのだと改めて実感した。

「椿、見て下さい。柔らかいおもちが、自分の胸元でぷにっと潰れています」

呼ばれた椿が鳴上の胸元を覗き込むと、愛息の凌久《りく》がすうすうと眠っている。

「あ、本当だ」

二人の間に生まれた男の子、凌久はまだ一歳。

柔らかな頬が、鳴上の胸元に押し付けられて潰れている。

鳴上は日中仕事で育児に関われない分、帰宅すると凌久に関することを何でもこなした。

凌久をおんぶしながら鳴上が簡単な食事を作り掃除をこなしている間、椿は体を休めることができた。

おんぶをされている間の凌久は、鳴上の耳を掴んでみたり、高い視点からの風景を楽しんだりして声を上げて笑う。

今日も鳴上は帰宅してすぐに凌久を抱き上げ、風呂に入れ、片時も離さないでいる。

とにかく淩久が可愛くてしょうがない。

愛する椿が産んでくれた自分の子供が、可愛くてかわいくて仕方がないのだ。

「詩郎さんの子供に生まれて、淩久は毎日が楽しくて、暇を持て余すことがありませんね」

「そうだと良いのですが。近い将来、構い過ぎだと淩久から叱られそうです」

ふわふわの柔らかい、鳴上に似た淩久の髪を椿は撫でる。

「そんなことないですよ。あ、そうだ。もう少し大きくなってスポーツがしたいと言い出したら、樹月くんに野球を指導してもらいましょうか」

樹月は鳴上商事内で有志を集い、草野球チームを作った。ドイツ支社にも草野球チームがある為、今度こちらにきて試合がしたいと張り切っている。

「樹月に淩久を取られそうで複雑ですが、可愛がってくれてますからね。野球をしたいと淩久が言い出した時には、反対はしません」

「詩郎さんも、野球をしてみたら?」

「自分はベンチのなかにいて、ゲームを動かす方に興味があります」

そう言って、淩久の小さな頭と、眠ってまあるくなった背中を撫で始めた。

鳴上は、淩久を抱いている時に思うことがある。

いつか、自分の生みの母も、こうやって眠った赤ん坊を胸に抱く静かで穏やかな夜があったのかと。

風が空を鳴らす夜、雨がしとしとと降り続ける夜、カーテンの向こう側で星が煌めく夜。

いくつもの夜を赤ん坊と二人だけで過ごし、どう感じていたのだろう。

可愛い……それとも、先がぼんやりとしか見えない将来を想像して、苦しく思っていたのだろうか。

そんな想いに耽《ふけ》っていると、ベルがふと足元に寄ってきて、そのまま丸くなって寝始めた。

鳴上が心に影を落とす時、ベルはそれを察して身を寄せてくる。

「……ベル」

名前を呼ぶと、顔は向けずに尻尾だけをパタパタと振った。

ベルだけではない。椿も、座る鳴上の隣にそっと寄り添う。

「詩郎さん、大好きですよ」

「自分もです。何度伝えたって足りません。だから長生きをして、毎日椿と凌久に大好きだと伝えます」

「詩郎さんからの好きで、幸せで胸がいっぱいになります」
椿の愛情がたくさんこもった声に胸がつまり、鳴上は寝息を立てる幸せを抱いて、ちょっとだけ泣きそうになった。

END

あとがき

初めましての方も、お久しぶりの方も。この度はこの本を手に取っていただきありがとうございます。木登《きのぼり》です。

マーマレード文庫様では、四冊目の作品になります。

ご縁が続き、また書かせていただけたこと、本当にありがとうございます。

今回の作品は、ヒロイン・椿からの一世一代の逆プロポーズから始まる物語になります。

一度書いてみたい題材だったので、企画が通った時にはいつもと少し違った心構えで取り組んだのを覚えています。

椿にどんどん心惹かれていくヒーロー・詩郎を書くのがとても楽しかったです。

番外編で飼い犬ベルの名付けエピソードが出てくるのですが、豚カツ、カツカレーの案を出して下さったのは新担当様でした。

番外編の〆《しめ》に詩郎がしんみりとしながら「ベル……」と呼ぶのですが、どうしても名付けエピソードで出た名前が頭をよぎり「豚カツ……」と呼ぶ詩郎が浮かんできてしまい、メールをもらった夜から翌日まで思い出しては自分でも引くほど大笑いしてしまいました。担当様からめちゃくちゃ元気を貰いました。

また、今回のカバーイラストをspike先生に担当していただくことができました。詩郎のイメージが脳内では既にspike先生で最初から固まっていたので、スケジュールを伺ってもらっている間は祈るような気持ちでした。

素敵で格好良い、そして可愛い二人を描いてもらえて本当に嬉しいです！

ラフから完成まで、出来上がる過程までもが最高でした！

今回カバー絵を描いて下さり、ありがとうございました！

この本が出来上がるまでの過程に関わって下さった方々、心からお礼を申し上げます。私ひとりでは到底無理なことですが、皆さんのおかげで、この作品を世に出すことができます。ありがとうございます。

そして、読者様。少しだけでも笑ったり、登場人物に共感したりしてもらえたでしょうか。そうなっていたとしたら、私はとても幸せです。

木登

マーマレード文庫

愛に目覚めた怜悧な副社長は、初心な契約妻を甘く蕩かして離さない

2023年7月15日　第1刷発行　定価はカバーに表示してあります

著者　木登　© KINOBORI 2023
発行人　鈴木幸辰
発行所　株式会社ハーパーコリンズ・ジャパン
東京都千代田区大手町1-5-1
電話　03-6269-2883（営業）
0570-008091（読者サービス係）
印刷・製本　中央精版印刷株式会社

ISBN-978-4-596-52130-9

m a r m a l a d e b u n k o